푸른사상
시선

122

시인은 무엇으로 사는가

강세환 시집

 푸른사상
PRUNSASANG

푸른사상 시선 122

시인은 무엇으로 사는가

초판 1쇄 · 2020년 3월 31일 | 초판 2쇄 · 2020년 7월 14일

지은이 · 강세환
펴낸이 · 한봉숙
펴낸곳 · 푸른사상사

주간 · 맹문재 | 편집 · 지순이, 김수란 | 마케팅 · 김두천
등록 · 1999년 7월 8일 제2-2876호
주소 · 경기도 파주시 회동길 337-16(서패동 470-6) 푸른사상사
대표전화 · 031) 955-9111(2) | 팩시밀리 · 031) 955-9114
이메일 · prun21c@hanmail.net /prunsasang@naver.com
홈페이지 · http://www.prun21c.com

ⓒ 강세환, 2020

ISBN 979-11-308-1647-0   03810
값 9,000원

푸른사상 시선 122

시인은 무엇으로 사는가

시가 갑자기 폭포처럼 쏟아졌다. 시를 한 편 쓰고 일어나면 또 앉아서 시를 쓸 수밖에 없었다. 시가 내 앞에 오롯이 앉아 있었고 나도 어떤 여자처럼 시 앞에 오롯이 앉아 있었다. 시 앞에 앉아 있다 보면 시도 나도 진심으로 황홀하고 또 아름다웠다. 그러나 마치 구멍 숭숭 뚫린 허공 같은 그물을 던졌다 끌어당기는 이 허황한 황홀이야말로 시의 운명이며 시인의 운명 아니겠는가. 이젠 이런 운명도 황홀도 다 사라졌다. 다 사라진 그곳에 시의 자존심과 시인의 자존심만 겨우 남아 서로 또 나직이 바라보고 있을 뿐이다.

이 시집 원고를 선뜻 받아준 푸른사상사의 시절과 인연에 고마울 따름이다. 그리고 이번 시집에서는 김수영한테 빚을 지기도 했지만 또 빚을 조금이나마 갚을 수도 있었다. 나도 너도 한국 시도 김수영으로부터 떠날 때가 되었다.

2020년 2월
하계동에서
강세환

5

| 차례 |

■ 시인의 말

제1부

여기쯤에서 13

봄비 14

소음 16

시인은 무엇으로 사는가 18

이곳에 살기 위하여 20

한순간 24

벽 28

술 30

돌배나무 곁에 서서 32

말하자면 우리는…… 34

생각이 생각을 이기는 시간 36

봄을 위한 파르티타 38

이 어둠 속에서 40

김수영 다시 읽기 42

나 홀로 길을 걸었네 44

제2부

다시 뜨거워질 수 없듯 49

당신을 위한 나의 변명 50

이런 삶 52

그곳 53

무(無) 관객 김수영을 위한 시 낭독 54

나는 무엇으로 살았는가 56

어디로 간 것일까 58

길상사 마루 끝에 앉아 60

흐르는 것을 62

한 번만 웃자 63

블라디보스토크 시편 1 64

블라디보스토크 시편 2 66

블라디보스토크 시편 3 68

나는 내 뒤에 숨는다 70

시를 썼다 지울 것 같은 71

쓸데없는 짓 72

제3부

저 나무 그림자를   77

누가 잘못 살았는가   78

당신은 하나도 모를   79

바꿀 수 없는   80

나의 하루   82

생은 다른 곳에   83

그렇다는 것   84

기억의 재구성   86

손 식기 전에   88

매창 시편   90

한 발짝   91

시를 읽자   92

한로   94

하백운대   95

도봉면허시험장에서   96

당신의 시   98

시 없이 살아보기   99

제4부

시를 위해   103

나 밖에서 나를   104

청산유수   106

길   108

아무것도 아닌 것들   110

내가 나를 돌아서듯   111

문학사의 한순간 1   112

문학사의 한순간 2   115

문학사의 한순간 3   116

문학사의 한순간 4   118

오래된 눈물   120

그와 나   122

꽃나무 1   124

꽃나무 2   126

■ 작품 해설 기록과 반복 강박의 시쓰기
    ― 박세현   129

제1부

여기쯤에서

시 같은 것 / 시 같은 것
― 김수영, 「〈4. 19〉 시」에서

이제 여기쯤에서 바라보면 시적인 것은 없다
물론 시 같은 것도 없다
오죽하면 시도 없다
시인도 없다

이제 여기쯤에서 바라보면 사랑은 없다
물론 사랑 같은 것도 없다
오죽하면 사랑은 없다
사랑도 없다

이제 여기쯤에서 바라보면 혁명적인 것은 없다
미안하지만 혁명 같은 것도 없다
물론 혁명도 없다
혁명은 없다

이제 여기쯤에서 바라보면 영원한 것은 없다
물론 영원 같은 것도 없다
오죽하면 영원한 것은 없다
영원은 없다

봄비

우리는 무슨 적이든 적을 갖고 있다

— 김수영, 「적 1」에서

오늘도 나는 나의 적을 향해 가고 있다

적을 향해 가는 것이 아니라

나는 오늘도 나의 적을 위해 가고 있다

적을 위해 사는 것 같다

나는 너무 많은 적을 두고 살았다

적은 적을 낳고 또 적은 적을 낳고

마침내 적은 나를 낳았다

적이 보이지 않는 날이면

남의 적을 갖다 내 적으로 만들었다

나의 적도 없고 남의 적도 없는 날

나는 내가 나의 적이 되었다

나는 나의 적이 되어 나를 향해 가고 있었다

나는 나의 적이 되어 나를 위해 살고 있었다

많은 적들이 나를 위해 있었다

많은 적들이 나를 향해 있었다

나는 오직 적만 생각하고 살았다

그러나 적들은 나를 생각하지 않았다
나만 적들을 생각하고 살았다
그러나 많은 적들은 나를 생각하지도 않았다
적들이 나를 생각하지 않아도
나는 적들을 생각하며 살았다

그러던 어느 봄비가 내리던 밤
나는 이제 단 하나의 적만 두고 다 갖다 버렸다
나는 많은 적들을 다 갖다 버렸다
나는 나도 다 갖다 버렸다
나는 이제 단 하나의 적을 향해 가고 있다
단 하나의 적을 위해 살고 있다
－나에게 남은 저 마지막 적은 누구인가?
봄비 봄비 봄비

소음

너무 조용한 것도 병이다

─ 김수영, 「신귀거래 6」에서

조용한 것보다 차라리 길고양이 울음소리가 적막을 깨는
게 낫다
조용한 것보다 들릴 듯 말 듯하던 초저녁 빗소리가 낫다
조용한 이 침묵보다 한 번도 쉬지 않는
학교 앞 공사장 저 포클레인의 집요한 기계음이 더 낫다

틈만 나면 내가 베토벤의 피아노 소나타를 즐겨 찾는 이
유도
내 앞쪽에서 들리는 소음을 피하고 싶기 때문이다
내 앞쪽에서 들리는 수다 떠는 소리보다 기계음이 낫다
물론 저녁 빗소리나 길고양이 울음소리가 더 낫다

그러나 저 당면한 숱한 현안 문제들에 대해 침묵하는 것
보다
내 자리 앞쪽에서 들리는 수다가 더 낫다
네가 침묵할 때마다 어떤 현안들은 또 하나씩 망각되어
간다
이 망각이야말로 오래된 소음일 것이다

편안하게 또 어떤 국면에 묻어 가는 것보다
평온한 어느 권력에 붙어 사는 것보다
무엇보다 당면한 국면을 향해 불온하고 또 불편한 길을
걸어갈 것이다
마치 어떤 소음을 향해 침묵을 향해
그 길이 불편하고 끝내 불온하더라도

어떤 당면한 사태에 대해 '어정쩡한' 태도로 입 닥치고 뭉
개는 것도
침묵하는 것이다 그것도 나름 매우 조용한 소음일 것이다
마치 더 큰 침묵을 위해

차라리 저 소음들과 화해하지 않겠다
차라리 저 침묵들과 화해하지 않겠다
너의 침묵이야말로 소음이다
너의 소음이야말로 침묵이다
저 침묵이 저 침묵이 이 침묵이 진정한 소음이 아니겠느냐

시인은 무엇으로 사는가

불 같은 불 같은 일

— 김수영, 「깨꽃」에서

시인은 무엇으로 사는가

소통도 아니고 광기도 아니다
신앙도 아니고 신념도 아니다
환상도 아니고 낭만도 아니다
철학도 아니고 심리학도 아니다
낙관도 아니고 비관도 아니다
어울림도 아니고 엇갈림도 아니다
떠돎도 아니고 멈춤도 아니다

번민도 아니고 연민도 아니다
인식도 아니고 직관도 아니다
영혼도 아니고 욕망도 아니다
명상도 아니고 묵상도 아니다
치욕도 아니고 치유도 아니다
김수영도 아니다 김종삼도 아니다
소월도 아니다 백석도 아니다

시인은 눈 한 번 마주친 독자도 없이 그저 제 발자국 지우

며 살아간다

시인은 창문도 없는 독방에서 방금 쓴 시와 단둘이 마주
앉아 있다

시인은 한밤중에 일어나 어제 하던 뜨개질을 이어서 다시
하고 있다

이곳에 살기 위하여

역사는 아무리 더러운 역사라도 좋다
— 김수영, 「거대한 뿌리」에서

모든 꽃들이 다 떠나고 세상은 다시 적막하다
어느 손편지처럼 사막처럼
초원처럼 꽃처럼
차 한 잔처럼 나도 다시 적막하다
아니다 반 고흐의 자화상처럼 나도 오래간만에 불안하다
한 번 핀 꽃은 다시 피지 않는다
한 번 진 꽃은 다시 지지 않는다
－부처는 중생의 삶으로 다시 돌아가지 않는다[*]

산책 나온 사람들은 개를 끌고 다니거나 개한테 끌려 다
니고 있었다
저 개한테도 불성이 있는가!－없다!
저 개한테도 불성이 없는가!－있다!
－심여장벽(心如墻壁)

진보주의도 더 이상 진일보하지 않는 것 같다
그러나 진보는 아무리 더러운 진보라도 좋다
진일보하지 않는 진보는 진보가 아니다

진일보하지 않는 역사도 역사가 아니다
패배하지 않는 패배도 패배가 아니다
아무것도 아무것도 타협하지 않는 패배가 좋다!
어디서든 좌고우면하지 않는 패배가 좋다!

단 한 번 피었다 지는 꽃이라 해도 이 꽃은 결국 꽃이다!
그 꽃한테도 불성이 있는가! – 있다!
그 꽃한테도 불성이 없는가! – 없다!

'어떤 권력'에 대한 분노는 아무리 더러운 분노라도 좋다!
나는 분노하고 또 분노할 것이다
나는 패배하고 또 패배할 것이다
나는 역사도 믿고 또 진보도 믿을 것이다
나는 분노도 믿고 또 패배도 믿을 것이다

–수능시험 포함 각급 학교 모든 객관식 시험 대폭 축소
및 폐지, 대학입시 현행 3불 정책 엄격 관리 및 유지, 향후
수시 논술 심층 면접 등 대폭 확대 및 강화 (단, 논술 전형

프랑스 바칼로레아 유형 등 참고 및 논술 심층 면접 평가 방법 대폭 개선), 초중고 문학 작품 위주 감상 및 토론 중심 국어 교육 대폭 확대 등 평가 방법 대폭 개선, 초중고 필수 과목 대폭 축소 및 선택 과목 대폭 확대, 초중고 국정 검인정 교과서 대폭 축소 및 검인정 교과서 체제 대폭 개선, 각급 단위학교 포함 국가기관 공공기관 기관장 도덕성 희생정신 창의력 민주적 리더십 통찰력 섬세함 전문성 직무능력 공적 논의 구조 중시 등 각종 평가 항목 대폭 확대 및 인사 청문회식 검증 체계 강화, 향후 각 정당 국회의원 청년 후보 20~30% 할당제 (또는 가칭 청년 중심 혁신 정당 창당), 중앙 부처 지자체 각급 국가기관 공공기관 등 고위 관리직 직제 인력 기구 대폭 조정 및 축소, 국가 예산 국민 혈세 운영 집행 등 투명성 대폭 확대 및 각급 국가기관 공공기관 국가 예산 혈세 부당 집행 낭비 등 고발 상설 콜 센터 운영⋯⋯

    그러나 나는 다시 역사도 믿지 않고 진보도 믿지 않고 또 분노도 믿지 않고 패배도 믿지 않는다
    역사는 어디 있는가 진보는 또 어디 있는가

분노는 어디 있는가 패배는 또 어디 있는가
나는 어디 있는가 나의 시는 어디 있는가
차라리 나는 아무것도 아무것도 믿지 않을 것이다

그러나 평화는 아무리 더러운 평화라도 좋다
이곳에 살기 위하여
그러나 나는 결코 어떤 평화주의자가 아니다
이곳에 살기 위하여
그러나 나는 다시 분노하고 또 분노할 것이다
그리고 나는 다시 또 패배하고 패배할 것이다
이곳에 살기 위하여

* 법기 강정진

한순간

미쳐 돌아가는 역사의 반복

— 김수영, 「장시 2」에서

전전(前前) 정부든 전 정부든 현 정부든
'평범한' 시인의 입장에서 발언할 것이 또 얼마나 많았겠
느냐!
그러나 그 모든 발언은 어느 순간에 사라졌다
발언하고 싶을 때도 많았지만 결코 발언하지 않았다
그러나 나는 결코 현실 순응주의자가 아니다
오히려 나는 나를 향해 또 발언하고 말았다
─ 너는 또 어디서 무엇을 하고 있었는가?

붉은 단풍나무 아래에서 이런 말도 들었다
"댓글 하나 못 달면서 왜 맨날 또 그렇게 사느냐!"
저 나무 아래서도 차마 발언하지 못할 것 같다
나는 차라리 나한테 속삭이는 게 더 나을 것 같다
─ 너는 어디서 또 무엇을 하고 있었느냐?

나는 다시 붉은 단풍나무 아래에서 속삭였다
'한 편의 시가 이 세상을 바꿀 수 있다고 생각했는데……
시도 이 세상도 바꾸지 못했다'

하! 세상은커녕 나는 교무실 내 의자조차 바꾸지 못했다!

세상은 결코 그렇게 또 바뀌는 것도 아니었다

언제부터 시가 나의 '개인적' 구원이며 위안이며 도피처
가 된 걸까

언제부터 저 붉은 단풍나무가 나의 수행처가 된 걸까

세상의 모든 시는 슬픔일까? 기쁨일까? 헛웃음일까?

밖에서 만나는 친구들도 갑자기 말수가 줄어들었다

주량도 줄고 금연하는 친구들도 늘었다

하룻밤에 세상이 또 뒤바뀌었다고

그렇게 생각하는 친구들도 있었다

어쩌면 나부터 그렇게 생각한 것 같다

그러나 저 붉은 단풍나무도 이 세상도 결코 바뀐 것이 아
니었다

아아, 정말 저 뜬구름조차 바뀐 것 하나 없었다

나는 조용히 또 시 곁에 머물 수밖에 없었다

저 붉은 단풍나무 아래 또 머물 수밖에 없었다

다만 나는 또 이렇게 오직 이 시 한 편에 집중하고 있을
뿐이다
　오랫동안 내가 살았던 이 세상이지만
　내가 살았던 세상인지 되묻고 싶을 뿐이다

　이 세상을 있는 그대로 받아들인다면
　이 세상은 있는 그대로 돌아갈 것이다
　있는 그대로 받아들이지 않아도
　이 세상은 있는 그대로 돌아갈 것이다
　그러나 이 세상은 이 역사는 저 붉은 단풍나무는 결코 '미
쳐 돌아가는' 것이 아니다

　나는 내 시 곁에서 또 이 시 한 편에 매달릴 뿐이다
　시 한 편에 매달리는 게 일상이 되었다
　이것이 시의 일상인가 시인의 일상인가
　그러나 내가 쓰는 시도 내가 사는 시인도 비로소 '시시하
다'고 느껴졌다
　시도 시인도 아무도 아무도 거들떠보지 않는

아주 평범하고 또 평범한 것이 되어버렸다

시인은 술꾼도 아니고 도덕군자도 아니다
시인은 공익 근무자도 아니고 난민도 아니다
시인은 제복을 입은 공직자도 아니고
시인은 운수납자처럼 떠도는 수도승도 아니다
시인은 A4 이면지에 뭔가 긁적이는
시인은 멀쩡한 단풍나무를 조금씩 흔들어보는……

이 세상사도 인간사도 문학판도 한순간에 시시해졌다
'평범한' 혹은 평범하지도 못한
나는 이렇게 이상한 '자유로운' 인간이 되고 말았다
이렇게 '개인적인' 인간이 되고 말았다
이렇게 '어정쩡한' 인간이 되고 말았다
나는 다시 '예민하고' 또 마음도 여린
아주 시시콜콜하고 따분한 사람이 되고 말았다
이 또한 나를 향한 발언이 되고 말았다

벽

혁혁한 업적을 바라지 말라

― 김수영, 「봄밤」에서

네 힘이 미쳤다고 생각하지 마라

내 힘이 미쳤다고 생각하지 마라

저 벽을 넘어뜨린 것도 또 저 벽을 쌓은 것도

네/내 힘이라고 생각하지 마라

어쩌면 경복궁 저 가파른 벽을 오르던 시든 담쟁이의 힘
이라 생각해라

저 힘이야말로 저 벽을 뛰어오르던 담쟁이의 희망이며 절
망이리라

그러나 희망도 절망도 슬픔도 모르는 벽이여 벽이여 이
장벽이여

고작 잡풀이나 뜯어먹던 잠잠한 잡념이여

과거는 결코 돌아오지 않는다

가령 저 벽을 넘어뜨리고 저 벽을 쌓고 또 쌓는 너의 잡념
이야말로

저 벽을 오르고 저 벽을 뛰어내리던 슬픔이었을 것이다

거룩하고 불쌍한 잡념 같은 슬픔이여

너의 일대사(一大事) 같은 벽이여 벽이여 또 잡념이여 잡

풀이여

　뒤돌아보지 마라

　저 벽 속에 들어가 돌이 된 어느 사내가 너를 불러도 너는
결코 뒤돌아보지 마라

　저 사내 앉았던 자리에 어느 여자가 벽을 향해 앉았다 해
도 신념과 이념과 관념과 정념과

　다시 저 무념과 무상과 함께

　저 벽을 넘어뜨리고 또 저 벽을 쌓고 또 쌓고 다시 저 벽
을 무너뜨릴 것이다

　나를 무너뜨려야 할 것이다

　너를 무너뜨려야 할 것이다

술

술을 먹을 때도 몸을 아껴 먹는다

— 김수영, 「반시론」에서

일요일 늦은 오후 술 한번 마셔보아라
내일 걱정하지 말고 몸 생각하지 말고
술값을 누가 낼지 눈치도 보지 말고
다 마셔보아라
내일 아침 치질이 또 도질까 걱정하지 말고
지하철을 탈 것인지 택시를 탈 것인지
고민하지 말고
남북회담 북미회담 같은 것도 생각하지 말고
김수영의 말마따나 농부나 거지가 되지 말고
다 마셔보아라
술자리 참석자 면면들도 생각하지 말고
술값 오만 원 넘지 않기를 바라지 말고
아무것도 아무것도 바라지 말고

목련이 가면 영산홍이 또 올 것이다
떨어진 목련을 바라볼 것인가 영산홍을 기다릴 것인가
저 꽃 핀 나무의 면면도 생각하지 말고
저 꽃 진 자리의 바닥도 바라보지 말고

술 마실 땐 술만 마실 것!
그러나 내일 아침 이른 출근길보다
마음에 걸린 것은
오늘 저녁 술값 구만 오천 원
친구들보다 내가 먼저 카드를 급하게 긁어버린 것이다
그래도 괜찮다
이렇게 또 술 한 잔에 시 한 편을 건졌으니까

돌배나무 곁에 서서

나무여 영혼이여

— 김수영, 「서시」에서

돌배나무 곁에 서서 세상만사 다 잊고 출가한
강원도 북대 작은 암자의 수행자 생각이 난다

늦은 밤 시를 읽는다고 혹은 시를 쓴다고 이 마음이 어디
헐거워지겠는가?
수행자 어디 갈 데 없듯
시인 마음도 갈 데 없는

속세를 등지고 수도원으로 들어간 수도자 생각도 난다
시장 골목 지나 동네 공터 지나
마을버스 종점 지나 빈집 같은 곳!

그 빈집 벽면에 시를 썼다 지웠다 해도
빈집 벽면을 다 무너뜨려도
세상만사 잊지 않을 것이고
빈집에서 한 발짝도 나오지 않을 것이다

저 빈집 마룻바닥을 뜯어

불을 지펴놓고

마당가 저 돌배나무의 심성과 성정과 고요를 또 생각하
리라

  ─당신은 누구요?

저 돌배나무가 무너지는 것도 불타는 것도 아니듯

시인의 이 딱한 마음도 퇴로 없는

저 봉쇄 수도원 같은 것!

말하자면 우리는……

우리가 말하자면 보초가 되는 것이 아닙니까?
— 김수영, 「사상계」 대담(1965년 12월호)에서

시인은 보초는커녕 철책선 말단 소총수였다
서양의 어느 정신과 전문의는 '야경꾼' 같다 하였으니
돌아보면 우리도 밤잠을 설쳤으리라
조선시대엔 곡비 노릇도 하였으니
말하자면 우리는 식구들 때문에 알바도 뛰었을 것이다
누구는 저명인사의 자서전도 대필했고
누구는 원고료 받고 팔순 축시도 썼다

누구는 시인을 바다제비에 빗대었으니
말하자면 우리는 망망대해를 떠돌고 또 헤맸을 것이다
누구는 잠수함에 승선한 토끼 같다
말하자면 우리는 유독 산소가 부족할 때가 많았다
(술 부족할 때 더 많았을 터!)
말하자면 우리는 실속도 없었고 또 잇속도 없었을 터!
술 한 잔에 시 한 수 읊었으니……

어느 시인은 또 스스로 견자(見者)라 하였거늘
아무렴 시는 눈(眼)으로 쓴다

아니다 시는 시가 쓴다
시도 마침내 허구와 혼숙할 것이다
시는 시인의 고뇌가 툭 툭 터져 나올 때 온다
또 어느 작가는 돌아갈 길을 다 끊었다고 하던데
말하자면 우리는 딱히 돌아갈 곳도 없다
언어도 의미도 형식도 외로움도……

생각이 생각을 이기는 시간

환상이 환상을 이기는 시간

— 김수영, 「장시 2」에서

담배 피우기 전부터 또 담배 생각을 한다
담배 피우기 전부터 담배 피운 그 다음을 생각한다
담배 피우지 않으려는 안간힘이 아니다
담배 피우는 시간보다
담배 한 개비에 대해 생각하는 그 시간이 너무 길다
문제는 담배가 아니다 아니다 아니다

어젯밤 친구들과 술 마실 때 담배 한 갑을
다 피워버렸다
담배를 또 잊으려고 그렇게 피운 것 아니다
문제는 담배가 아니다
담배 생각이 문제였다
담배 생각도 문제가 아니다 아니다 아니다

나의 쓸데없는 이 생각 이 생각이 문제였다
내가 늙었다는 것이다
어제는 직장 동료 N 선생도-생각을 버려라-고 하였다

그도 나의 문제가 무엇인지 알고 있다는 것

담배 생각에 또 담배를 피워야만 했다
담배가 아니라 담배 생각이 아니라
쓸데없는 나의 생각이 문제라는 것을 나는 모른다
나는 나를 속일 때가 있다
그럴 때마다 나는 또 도무지 내가 아닌 것만 같다
나는 나를 알지도 못할 것 같다
당신도 나를 알지 못할 것 같다

봄을 위한 파르티타

오늘의 우울을 위하여

— 김수영, 「바뀌어진 지평선」에서

봄비 막 그치고
하루 종일 곁에 있었던 바흐의 파르티타 떼어놓고
오랜만에 수락산 용굴암 뒷길 오른다
지난해 산불에 그슬려
까맣게 숯이 된 녀석들도 조심스럽게 이파리 하나씩 떨리
듯 매달고 있었다
발 동동 구르던 나를 기억이나 하려나

나의 꿈은 꿈만큼 꿈이었을 것이다
나의 삶도 삶만큼 삶이었을 것이다
그러나 무엇을 위한 것이었을까
장군약수는 입을 다물고 있었고
약수터 나뭇가지에 매달아논 거울에 비친
내 모습은 정말 내 모습이었을까
휑한 굽잇길은 그냥 휑한 굽잇길이었을까
길에서 어느 보살을 만나면
바흐의 파르티타 피아노 버전 아는지 물어볼까

이 길에서 바람도 그치고 물소리도 그치고

부처도 보살도 만나지 못하면
진달래꽃도 휑한 굽잇길도 사라지면
또 무엇을 위해 무엇을 해야 할까
저 길모퉁이에 혼자 남아 있는
'봄을 위한 파르티타'

이 어둠 속에서

어둠 속에서 본 것은 청춘이었는지 대지의 진동이었는지

— 김수영, 「구슬픈 육체」에서

이 어둠 속에서
저녁 내내 눈여겨보았던 동해 추암 바다도
커다란 보름달 하나만 덩그렇게 떠 있던 밤바다도
덧없는

어둠만 쭉 뻗은, 아무것도 없는 뻥 뚫린 어둠 속
이 어둠 속에서
문청시절 강원도의 바다와 산과 나무와
강원도의 바람과 별과 구름과
강원도의 어둠과 빛과 친구들과 추억과
이 추억도 또 추억이 되겠군!
이 추억도 추억 속에 있을까?
쭉 뻗은 영동고속도로만 덩그렇게 남은
덧없는

더 닿을 데도 없는 어둠만 눈앞에 모여 있던
또 이 어둠 속에서 또 이 어둠과 함께
대관령 자작나무 거죽처럼

혹은 밤바다에 떠 있던 하얀 뼈 같던 파도처럼
덧없는

어둠에 붙어 있다 보면 나도 어둠에 붙어 있는 어둠이
되고
어둠 속에 있다 보면 어둠의 물량과
이 어둠의 깊이를
아무 생각 없이 헤아려보고 싶을 때가 있다
또 가슴 언저리께 저릿저릿한
이 어둠 속 이 어둠
이 어둠도 이 어둠 속에 있는 걸까
덧없는

김수영 다시 읽기

젊은 시인이여 기침을 하자
— 김수영, 「눈」에서

김수영을 다시 읽었다
김수영을 다시 읽었다는 말은 거짓말이다
모든 사랑이 다 첫사랑이듯
김수영은 언제나 처음이다
김수영을 깊이 읽었다
김수영을 깊이 읽었다는 말도 거짓말이다
시인들은 시를 깊이 읽지 않는다

김수영이 사십여 년 지나 다시 내게 다가왔다
김수영도 모르고 나도 모를 일이다
해 질 녘 도봉산 김수영 시비에 다가가듯
내가 김수영한테 다가갔다
아니다 김수영이 다가왔다
아니다 내가 다가갔다
아니다 아니다 나도 모르겠다

내 안에 아직도 김수영이 남아 있는지……
내 안엔 김수영뿐이었다

나는 오직 김수영을 읽었고
나는 다시 김수영을 생각했다
다시 나는 김수영을 읽었고
다시 나는 김수영을 생각했다
그리고 김수영을 썼다

오오 빛나는 사월 한 달 내내
나는 김수영을 다시 만났다
김수영도 모르고 나도 모를 일이었다
나는 알고 김수영만 모를 일이었다
나도 알고 김수영도 알고
오직 집사람만 모를 일이었다
아니다 나도 모르고 김수영도 모르고
집사람도 모를 일이었다
─그대 젊은 시인이여!

나 홀로 길을 걸었네

사람이 아닌 평범한 것에
— 김수영, 「꽃잎 1」에서

노원교에서 상계교 왕복 구간
중랑천 둑길을 나 홀로 걸었네
천천히 나 홀로 길을 걸었네
날이 흐려도 날이 어둡더라도
괘념치 말고 나 홀로 걸었네
아무 생각도 하지 않을 때까지
어떤 생각도 하지 않을 때까지

심사숙고하지 않고 나는 걸었네
어떤 단순함과 복잡함도 버리고
아무 느낌도 없이 홀로 걸었네
어디 닿는 것도 아니고
어디 닿는 것도 모르고

나무와 풀들과 꽃들과 강물과
조금 더 멀어질 때까지 걸었네
조금 더 멀어질 때까지
뚝 떨어져서 홀로 길을 걸었네

저 강물보다 더 느리게
저 강물보다 더 빠르게
한 번도 돌아보지 않고 걸었네
오늘 중랑천 유속은 얼마일까?

이 길을 돌아보지 않을 것
이 길을 돌아오지 않을 것
홀로 걷는 이 길을
홀로 걷는 이 끝없는 길을
이 길을
이 길을 위해
나 홀로
오직 나 홀로 길을 걸었네

제2부

다시 뜨거워질 수 없듯

거룩한 우연을 위해서

— 김수영, 「꽃잎 2」에서

지난해 술자리 갈빗대 부상 후 과음하지 않는다
결코 과음하지 않듯
과음할 형편도 어디 한눈팔 입장도 아니었다
딱히 더 드러낼 것도 없다
술잔 앞에서 공연히 또 생각이 깊어질 때부터
나는 이미 많이 식어버렸다

신작 시를 스마트폰 배경화면으로 설정해놓고
나를 달래고 또 나를 위해 불을 밝혔다
마치 빈방에 불을 밝혀놓듯……
빈방에 불을 꺼놓은 채
시를 쓰지도 않고 시를 읽지도 않고
시 한 줄 없는
시 없는 날을 살아보았다
시 없는 삶을 어떻게 살아낼 수 있담?

당신의 홈 화면은 또 무엇으로 바뀌었나요?
그러나 이미 모든 것은 다 식어버렸다!
다시 또 가슴 뜨거워질 수 없듯

당신을 위한 나의 변명

사람들은 내 말을 믿지 않고 내가 내 말을 안 믿는다
— 김수영, 「거짓말의 여운 속에서」에서

당신은 내가 왜 당신을 좋아하는지 모를 것이다
그날 밤 뜻밖에 당신을 만난 것은
내가 나보다 당신을 더 믿었기 때문이다
나는 아주 오래전 — 1980년 5월 15일 오후 8시 — 부터
나는 나를 믿을 수도 없고 믿지도 않는다
그날 밤 지하 강당 시국 관련 철야 농성장
'김지하의 생애와 문학'을 향하던
나는 돌연 무슨 생각에 발길을 돌렸을까
후배 하숙방에서 왜 술을 퍼마시고 있었을까

그날 밤부터 나는 결코 나를 믿지 않기로 했다
아마 당신도 나를 믿지 않을 것이다
혹시 당신은 알고 있었는지 몰라도
그날 밤 그곳에서 많은 친구들이 나를 기다렸다
그날 이후 모처에서 몇몇 친구들이 또 나를 기다렸다
오직 나 하나만 기다리고 있었다

혹시 당신은 알고 있었는지 몰라도

내가 왜 아직도 당신을 좋아하는지 나도 모를 일이다
어쩌면 당신도 나도 또 모를 일이다
내가 넣은 몇 줄의 취중 문자를 읽었다면
당신은 나의 문자메시지를 믿지 않고
나도 나의 문자메시지를 믿지 않을 것이다
당신은 들녘의 들풀도 믿지 않을 것이다

그러나 나는 나보다 당신을 더 믿을 것이다
이것도 나를 위한 나의 변명일 것이다
그러나 이것도 당신을 위한 나의 변명일 것이다
모차르트의 마지막 미완성 작품처럼
인생은 결코 어디쯤에서 완성되는 것도 아니다
당신도 나도 어디쯤에서 미완성이거늘!
이것도 오직 당신만을 위한 나의 변명이다
당신도 당신을 믿지 않을 때가 있기를

이런 삶

나는 이제 적을 형제로 만드는 실증을…

— 김수영, 「현대식 교량」에서

나는 내가 아닐 때 나를 돌아보게 되었다
너는 네가 아닐 때 나를 돌아보게 하였다
국가는 국가가 아닐 때 나를 돌아보게 하였다
술은 술이 아닐 때 나를 돌아보게 하였다
친구는 친구가 아닐 때 나를 돌아보게 하였다
시인도 시인이 아닐 때 나를 돌아보게 하였다
선생도 선생이 아닐 때 나를 돌아보게 하였다
시도 시가 아닐 때 나를 돌아보게 하였다

나는 내가 아닐 때 너를 돌아보게 하였다
너는 네가 아닐 때 나를 돌아보게 하였다
나는 내가 아닐 때 나를 돌아보지 않았다
내가 없고 네가 없고 국가도 없고 술도 없고 친구도 없고
시인도 없고 선생도 없고 다시 시도 없는
이제 질투할 것도 또 두려워할 것도 없는
아무것도 없는 삶을 사는
더 마음먹을 것도 마음 더 비울 것도 없는
마음 없는, 없는 마음, 없는……

그곳

그곳에 김수영 시비가 있었다
그곳에 풀이 있었다
아 김수영의 육필
김수영의 육신 같은 저 커다란 화강석
어두워진 어둠 탓인지
시비 양 어깨도 너무 어둡고 무겁다
김수영의 육성도 어둡고 무거웠을까
김수영의 육성 파일은 없는가
그 목소리는 카랑카랑했었는가
아님 아주 우렁찬 목소리였던가
간혹 쉰 목소리였던가?
아 유월은 또 김수영한테 잔인한 달
육이오뿐만 아니라
타계한 달도 유월이었으리
내일이 기일이던가?
딱히 더 어두워질 것도 없는 이 어둠
이 어둠 속 한가운데 환한 그곳
이 어둠 속 이 희한한 빛

무(無)관객 김수영을 위한 시 낭독
— 2018년 5월 14일 오후 8시

스마트폰 손전등 밝혀놓고
좀 어두워진 풍경과 좀 낮은 물소리 배경 삼아
호주머니에 뒀던 신작 시 한 편을 나직이 낭독하였다
김수영도 없는 곳에서
김수영을 만나던
「김수영 다시 읽기」

그러나 금세 어두워지던 다시 천천히 좀 밝아지던
어둠 속에서 밝아지던 이 낯선 낯섦!
오직 그대 한 사람을 위한
무관객 즉석 일인무(一人舞)!

도봉산 김수영 시비 앞에서 김수영을 위한 시 낭독
듣보잡?
인기척도 등산객도 하나 없던
길고양이 하나 뵈지 않던
다만 저 낯익은 바위도 마치 큰 어둠 하나 같던

나 홀로 시 낭독 이 혼독?

시인은 결국 시만 겨우 남겨놓는 걸까
시도 안 남겨놓는 걸까
시인의 삶은 오직 시를 위한 것일까
시를 위한다는 것은 또 뭘까
언제 한번 김수영 시비를 그냥 휙 지나칠 순 없을까
시의 행간에 언뜻 들리던
바람소리도 시인의 숨소리러니

나는 무엇으로 살았는가

나는 담배를 입에 물고 살았고 많은 술을 마셨다
등단하자마자 곧바로 작가회의에 가입했고
농성과 집회와 각종 모임도 빠지지 않았다
그 어떤 뒤풀이도 빠지지 않고 참석했다
김수영과 살았고 또 김종삼하고도 살았다
신경림과 살았고 또 김지하하고도 살았다
또 작가회의에서 만나 의기투합했던 많은 친구들과 살
았다
시를 쓰며 살았고 또 시를 읽으며 살았다
단편소설을 읽고 베토벤을 들으며 살았다
창비 쪽에서 쭈욱 살았고 창비 쪽에서 컸다
그러나 친구들은 나를 창비 서자라고 한다
수락산 귀임봉과 무수골 원통사 길에서 살았다
그리고 나는 순간 순간 그리고 천천히
한국 정치와 살았고 한국 정치와 헤어졌다
한국 교육과 살았고 한국 교육과 헤어졌다
그러나 나는 천천히 그리고 순간 순간
너를 위해 살았고 또 너를 위해 헤어졌다

남의 시선을 위해 살았고 남의 시선과 헤어졌다
나는 남과 싸웠고 그만큼 나하고도 싸웠다
분노를 위해 살았고 분노를 위해 헤어졌다
슬픔을 위해 살았고 슬픔을 위해 헤어졌다
시를 위해 살았고 시를 위해 또 시를 썼다
시를 위해 시를 썼고 나를 위해 시를 썼다

이젠 아무것도 없이 시를 위해 시와 살아갈 수 있고
시는 시를 위한 것도 나를 위한 것도 아니다
시는 바람의 절친도 구름의 내연녀도 아니고
어떤 권력이나 자본과 동맹도 연합 관계도 아니다
시는 또 아무것도 정말 아무것도 아니다
시는 결코 아름다운 영혼도 황홀한 언어도 아니다
결국 헛살기 위해 굳이 헛살았다는 듯

어디로 간 것일까

아 중랑천변 저녁 산책길이 텅 비었다
갑자기 쏟아진 폭우 탓인가
저 불어난 중랑천 거친 물길 때문인가
저녁 산책길을 꽉 메웠던
갑남을녀들이 한꺼번에 산책길을 갈아탔다는 말인가
삶이든 이념이든 노선이든 바꿀 수 있을까
어디로 간 것일까

이 산책길이 완전 텅 비었듯이
이제 아무도 장시를 쓰지 않고 아무도 장시를 읽지 않는다
슬픔도 눈물도 분노도 가난도
더 이상 미덕도 또 어떤 가치도 아니다
이제 아무도 아무것도 더 믿지 않는다
아무도 믿지 않듯 누구도 믿지 않는다

  붓다가 제자들에게 남긴 마지막 음성 공양을 다시 한번
나직이 음미하라
  ─나의 말을 믿지 마라

나는 너의 시를 읽지 않고 너는 나의 시를 읽지 않는다
ㅡ나의 시를 읽지 마라

하늘은 어두컴컴하고 길도 어둡고 나무들도 다 어둡다
나도 좀 어둡긴 어두웠을 거야
이 또한 어둠의 풍경
ㅡ시도 사라지고 시인도 사라지고 시를 쓰/읽던 시대도
사라지고 시를 믿던 시대도 사라졌다 다시 시도 사라지고
시인도 사라지고 시도 시인도 다 사라졌다 한 번 더 시도 사
라지고 시인도 사라진 시대에 이렇게 시를 쓰며 시와 함께
시를 견뎌내고 있다 다시 시인은 살아가/지는 걸까 다시 시
는 쓰는 것일까 시는 써지는 것일까 다만, 내가 나의 시를
쓰고 내가 나의 시를 읽고……

길상사 마루 끝에 앉아

길상사 마루 끝에 앉아
『초발심자경문』 읽던 저 선방 벽면을 생각한다
아버님 별세 후 백팔 배 하던 극락전도 생각하고
법정 스님한테 받은 도반들의 법명도 생각한다
혜안 혜일 혜공 혜명……
그리고 길상사 주지 덕조 스님도 생각한다

길상사 마루 끝에 앉아
인간관계는 인과관계라던 법정 스님의 법문도 생각한다
초파일 길상 음악회에 깜짝 방문한 김수환 추기경도 생각
한다
설법전에서 법문하던 파란 눈의 현각 스님도 생각난다
―차 마실 땐 차 마실 뿐, 들을 땐 들을 뿐, 볼 땐 볼 뿐,
오직 할 뿐……

이 길상사 마루 끝에 앉아서
법정도 가고 추기경도 가고
백석도 가고 김영한도 가고

저 꽃도 가고 저 물도 저 법문도 흘러가고

간 것은 오지 않고 온 것은 다시 가고

봄비는 또 내리고

마루 끝에 집사람 앉혀놓고 또 시를 긁적이는 이 파계승 같은 거사여! 납자여! 할!

– '이 빗소리' 시방 다 듣고 있었더냐?

– '빗소리 듣기 모임'도 음악회 같은 거 할까?

흐르는 것을

흐르는 것을 사랑한다
그것이 강이든 세월이든 바람이든 눈물이든
어둡거나 흐리거나 침이 마르거나 침을 삼키거나
흐르는 것을 사랑한다
그들은 다시 돌아오지 않는다
그것이 강이든 세월이든 바람이든 눈물이든 사랑이든……

흐르는 것을 사랑한다
외롭거나 괴롭거나 또 더럽거나 깨끗하거나
그리움이나 서러움이나
술잔을 비웠거나 술잔을 엎었거나
흐르는 것을 사랑한다

그들은 다시 돌아오지 않는다
그것이 역사든 사랑이든 행운이든 개소리든 헛소리든……
그들은 다시 돌아오지 않는다
시는 결코 다시 돌아오지 않는다
시는 그저 스치기만 할 것!

한 번만 웃자

그냥 한 번만 웃자
여고 3학년 아이들처럼 웃자
저 창밖을 내다보며 한 번만 웃자
아무 생각도 없이 웃자
턱을 괴고 한 번 웃자
저 한없이 웃는 하회탈처럼 웃자
또 누가 보지 않아도 웃자
저 앞의 거울을 위해 웃자
나도 몰래 한 번 더 웃자
아무것도 없이 깔깔깔 한 번만 더 웃자
너를 향해 가볍게 한 번만 웃자
나를 향해 조용히 한 번만 웃자
지금 당장 한 번만 더 웃자
제발 한 번만 더 웃자
(나도 당신처럼 한 번 웃고 싶다)

블라디보스토크 시편 1

'혁명광장'엔 혁명도 광장도 보이지 않았다
광장은 주말 시장의 빛나는 장터가 되었고
혁명은 시장 바닥 민중들의 소소한 일상이 되었다
광장이 꽃이고 꽃이 시장이다
혁명이 시였고 일상이 시였다

채소가게 난전 옆에서 노란 민들레꽃 한 아름 안고 있는
저 늙은이
　꽃을 팔러 나온 건지 꽃을 품고 있는 건지
　저 꽃도 그녀의 시가 아닌지
　어디서든 혁명과 광장과 꽃과 당신과 시는
　조금씩 늙어가고 시들어가고 있다

고려인 2세쯤인가
저 노인이 파는 꿀은 연해주 노란 민들레꽃 꿀?
과거 어느 날 이곳에서 밤기차를 탔다는
그 강제 이주한 고려인들은 다 어디로 갔을까?
그 수많은 꽃들은 다 어디로 갔을까?

그 장편 서사시는 누가 다 읽었을까?

그들은 또 얼마나 뒤를 돌아보고 돌아보았을까?
그들은 또 얼마나 앞을 바라보고 바라보았을까?
어둠 속에서 어둠 속만 막막히 바라보던
어둠 같던 막막한 그곳
그곳은 또 어디였을까?

바다 갈매나무 열매로 만든 레모네이드 마실 때
또 머뭇거리는
혁명광장 흐린 하늘 위로 날아가는 이름 모를 새를
자꾸 쳐다보는
길 건너갈 때 옆 사람의 얼굴 슬몃 돌아보는
여기 또 하나의 고려인……

블라디보스토크 시편 2

이 바다로 가는 길
마치 주문진 어판장 가는 길목을 지나
등대 뒤쪽 '시인과 바다' 같은 카페도 지나
새벽 여섯 시 마주친 거대한 호수 같은
파도 하나 없던
이 고요한 북태평양 언저리 바다

작은 자갈들이 깔린 해변
마치 세상 밖 적막 같은 바다와 요트 십 수 척
노부부의 다정한 커플 수영
모닥불 옆에서 하염없이 바다만 바라보던 여자
바다 위에 뜬 바다 새 하나
바닥에 엎드려 책 읽던 비키니 차림 중년 여자

비릿한 냄새도 하나 없는 이 무슨 담백한 바다
이 바다색은 무슨 바다색?
내가 보았던 바다색과 완전 다른 바다색
담배 피우던 청년 둘이 뿜어내던

저 색다른 담배 연기 색?

이 바닷물에 탁족이라도 해야 하나?
이 바다 시 한 줄 꼭 써야 한다는
해변을 거닐면서도 펜을 놓지 못하는 이 강박증!
놀 땐 놀고 시 쓸 땐 시 쓰면 안 되나?
시 따로 삶 따로?
해변을 걷다 눈 마주친 돌 하나로 물수제비뜨고
아! 바다에 꽉 막힌 바다
시에 탁 막힌 시
스파시바

블라디보스토크 시편 3

저 아래쪽 길 끝에 바다가 보이는 아르바트 거리
오전에 바다 등지고 저녁엔 눈앞에 바다를 두고
느릿느릿 걷던 길
그 길에서 우연히 만난 허름한 티셔츠 파는 가게 앞
'레닌' 석고 흉상
하 좌대도 없이 맨바닥에 털썩 주저앉은 채

혹 어떤 상징적 장소의 표식 기념물?
20대 레닌이 혁명을 구상했던 은밀한 장소?
분수는 솟구치고 통기타는 울고
그때 큰비 확 쏟아졌다 순식간에 또 멈춘 시베리아풍 소
낙비!
이거 블라디보스토크식으로 퍼붓는 물세례?
그때 빗속을 뛰어가던 검은 그림자?

깊은 침묵의 레닌은 살짝 고개를 돌려놓은 듯
매우 진지하고 또 어두운 얼굴!
나는 몇 번이나 그 앞에서 걸음을 멈췄을까

－우리는 무엇을 할 것인가?

석고상 옆에서 오전과 똑같은 자세로 책 읽던 알바생

그녀가 읽던 책?『레닌 전기』(?)

"이 석고상은 기념 표식인가? 아 판매용!"

"15만 루블!" (한화 280만 원)

길을 걷다 보면 멈추지 않는 한 그 길의 끝은 없다

길을 걷다 보면 돌아서야 할 때가 있다

그게 또 길이다

길을 걷다 보면 길을 잃을 때도 그 길에 길이 있다

그러나 아르바트 길에선 길을 잃을 만한

길 하나도 없었음

나는 내 뒤에 숨는다

어제와 똑같은 시간에 퇴근하고
이 길에서 저녁을 먹고
내일의 날씨를 다시 검색하고
또 밤잠 설치는
아니다 어떤 그림자처럼 당신 앞에서
멈췄다 또 천천히 지나가는
아니다 아무도 모르게 혼자 웃어도 좋고
아니다 혼자 울어도 좋고
아니다 혼자 시를 읽어도 좋고
아니다 시는 읽지 않아도 좋고
아니다 그냥 아무도 모르게
잠들어버릴 것

꿈속에선 또 헤매고 다니지도 말고
내 등 뒤에 숨을 것
꿈자리의 시제는 과거입니까 현재입니까
아니다 내일의 운세 짐작해볼 것

시를 썼다 지울 것 같은

경포대 마루턱에 앉아 바라본 저 호수
호숫가 걷거나 걷는다고 생각만 하던
이 호수 바라보다 다시 생각났던 허균과
또 호수와 호수의 깊이와 호수의 수면과
허균의 누이 난설헌과 시인 이달과
다시 호수의 수량과 호수의 물결과
갈매기와 갈매기의 생애와 비행 속도와
저 고요와 요 앞의 소나무의 흔들림과
빈 술잔과 늦가을의 선선한 바람과
늙은 남자와 알바생과 매월당과
휴대폰 메모장에 저장한 시 한 편······
다시 무릎에 닿았다 돌아가던 밤바다와
나의 밤바다가 다가왔다 되돌아갔다
더 머물 것도 없고 더 머물 곳도 없는
머물 수 있는 것도 머물 수 없는 것도
문자 할 것도 문자 받을 것도 없는
시를 썼다 급하게 지울 것 같은

쓸데없는 짓

"쓸데없는 짓!"
옆 테이블에 앉아 있던 천상병의 군이 한마디
'시인공화국' 호프집에서
저녁 내내 김관식은 동네 주먹들을 앉혀놓고
『시경』을 읽고
김수영은 오늘은 막차 놓치면 안 된다고
뒤도 돌아보지 않고 부리나케 뛰어 갔다
"급하긴……"
신경림은 등산객 두엇 놓고
이용악의 「북쪽」을 낭독하고
신동엽은 혼자 서서 시 한 줄 읊조리고 있었다
"껍데기는 가라"
"백두에서 한라까지"
(한 번 더!)

김종삼은 또 김영태 앞세우고 노래방을 찾는다
"찢어져!"
"천 원짜리 한 장 놓고 가!"

"한 장 더!"
"소월 성님은 함흥차사더냐?"
뒤따르던 천상병 또 한마디
"시인들끼린 씹지 마라!"
박인환은 역 앞의 노숙자 몇 사람과 함께
찜질방으로 들어가고
백석은 혼자 남아
러시아 혁명시집을 다시 꺼내서 읽고 있다
"임화 소식 알아봤는데……"
어젯밤 동역사 근처 자정 무렵

제3부

저 나무 그림자를

저 나무 그림자를 밟지 않기로 했다
나는 고양이처럼 웅크리고 있을 뿐
구내식당 의자처럼 묵묵히 앉아 있을 뿐
카페 빈자리처럼 우두커니 비우고 있을 뿐
산책길 말 없는 나무가 되기로 했다
어떤 발언도 않는 굳은 바위가 되기로 했다
(간간이 문자나 필담은 허용할 것!)
나는 청계천변 집회에 가지 않았고
어떤 시위도 끝끝내 불참할 것이다
각종 성명서에 서명하지 않기로 했다
누구에게나 자기 시대라는 게 있다
그 시대는 지나가고 또 지나갈 뿐
자기 시대가 지나가면 자기 자신만 남을 뿐
미사리에 가면 노래만 남은 가수들을 만날 수 있을까?
나는 나를 위해 서명할 것이다
나는 나를 향해 발언할 것이다
나는 나를 위해 나무가 되었다
나는 나를 위해 바위가 되었다

누가 잘못 살았는가

누군 남의 손금을 보며 살았고
누군 남의 발자국 소리를 들으며 살았다
누군 빗소리를 들으며 살았고
누군 남의 에세이를 읽으며 살았다
누군 남의 집 처마 밑에 살았고
누군 남의 정원을 가꾸며 살았다
누군 남의 말을 적당히 받아쓰며 살았고
누군 남의 땅에 사과나무를 심었다
누가 잘못 살았는가?
누군 남의 집 돈을 훔쳐 바다를 건넜고
누군 남의 산을 헐어 집을 짓고 살았다
누군 남의 건물에서 음식을 팔았고
누군 남의 여자와 지구 한 바퀴를 돌았다
누군 남의 우산을 쓰고 비를 피했다
누군 죄를 짓고 살았고
누군 죄 없이도 살았다
누가 잘못 살았는가?

당신은 하나도 모를

전동차에서 '당신의 시 읽기' 홍보물을 보았다
순간 당신의 미간도 조금 움직이는 것 같았다
어디 주민센터 5층 강당 같은 데서
당신의 시를 읽지 않았으면 좋겠다
시는 골방에서 혼자 읽는 것!
어느 광장에서 혹은 한적한 카페……
150명 선착순?
약삭빠른 이들은 시를 읽지 않았으면 좋겠다
(시인은 어떤 선착순에도 들지 못한다)
수강료 무료?
적어도 당신의 시를 돈으로 운운할 순 없다
그렇다고 당신의 시는 결코 무료가 아니다
당신의 「은전 한 닢」이 '은전 한 닢'이 아니듯
'은전 한 닢'이
이 세상의 어떤 돈보다 무겁고 큰 돈이었듯이!
'은전 한 닢' 모으려면
꼬박 여섯 달 걸렸듯이
그 '은전 한 닢'이 그 삶의 전부였으므로

바꿀 수 없는*

1.

(사진전) 정지윤－비전향 장기수 19인의 초상－'귀향(歸向)'

장소 : 류가헌 / 기간 ; 2018. 10. 2 ～ 10. 14

2.

양원진(1928~) 전남 신안군 출생, 14살 때 중국 북경 이주, 일본군 징집, 18살 때 남로당 비밀당원, 한국전쟁 때 인민군 참전, 평양 정치군관학교 졸업, 1959년 대남공작원으로 내려왔다가 체포, 국가보안법으로 수감(옥중 전향서 작성), 1988년 12월 출소, 그후 피아노 조율사, 아파트 경비원 등 보호감찰 15년, 2001년 정순택 등 33인과 옥중 전향 무효 선언함, 2015년 범민련(조국통일 범민족연합) 남측본부 고문, 현재 강서구 거주, 2차 북송 희망자 18인 중 1인

3.

붉은색 반팔 티셔츠 차림의 상반신 전경

셔츠 왼쪽 주머니, 심장께쯤 매달려 있는

쪼그만 푸른색 한반도기(旗)

그 옆에는 구 소련연방(?) 깃발 배지

그리고 매우 커다랗고 무거운 장막 같은

어둡고 또 깊은, 검은 천을 배경으로

손에 쥔 것 하나 없이

늙은 배롱나무처럼 서 있는 구순의 백발노인

양 손 한곳에 가지런히 모아놓은 채

한없이 떨리는, 한없이 떨고 있는 시선

한없이……

* 정지윤 사진집 제목

나의 하루

눈이 내리고
겨울바다 가까운 초당동에서
순두부찌개를 먹는다
메뉴 고를 것도 없이
메뉴판 쳐다볼 이유도 없이
순두부찌개를 먹는다
양념도 굳이 반찬도 필요 없는
순두부찌개를 먹는다

시와 순두부를 구별하지 못하던
나의 하루

생은 다른 곳에

러시아의 노작가처럼 팔십 넘어 가출하거나
중국의 어느 작가처럼 고국을 등지거나
미국의 어느 여류 시인처럼 흰옷만 입거나
조선시대 어느 시인처럼 관직을 갖다 버리거나
일제강점기 어느 작가처럼 펜을 꺾거나
팔십 년대 어느 시인처럼 옥중에 있거나
일본의 어느 작가처럼 할복하거나
어느 시인처럼 남의 여자와 종적 감추거나
생은 다른 곳에

그렇다는 것

기껏 지푸라기의 뜻을 이름 앞에 썼던
초개(草介)
지푸라기도 모자라
또 어눌한 사람
눌인(訥人)
지푸라기 끝에 하나 더 매달고 살았던
초개 눌인 김영태 시인

초개 눌인이 시인 김종삼 입원할 때
뒤에서 병원 알아보러 다녔던 일은
결코 눌인들이 할 노릇은 아니다
누가 가난한 시인의 뒤를 돌봐주었던가?

그가 한국외환은행 조사부를 24년 다녔던 것은
결코 지푸라기가 아니다
삶의 무슨 이면이 빤히 보였다는 것은 아니다
삶의 거죽이 그렇다는 것

"애들 학비와 기숙사비라도 보내줘야……"

김종삼이 국방부 정훈국이나 동아방송 등지에서
음악을 담당하며 20여 년 보냈다는 것도
삶이 또 그렇다는 것
그러나 그들은 그렇게 살면서 많은 시를 썼다
그러다 그들은 어디서부터 '꼬이기' 시작했다
그들은 그렇게 살면서 또 시를 썼다
그들의 시도 그들의 곁을 떠날 수 없었을 것이다

기억의 재구성

저 팔십 년대 끝자락 아현동 작가회의 사무실
'구속 문인 석방하라!'
벽에 붙어 있던 구호를 외치면
벽을 뚫고 나갈 것만 같았다
그러나 벽을 뚫지도 벽을 무너뜨리지도 못했다

그 무렵 작가회의에서 1일 주막을 열었다
해 질 녘 DJ와 김근태 선생이 동시에 등장하였다
밤이 깊을 즈음 무대 한가운데
DJ와 김근태가 서 있었고
어느 순간 나도 선뜻 그들 곁에 서 있었다

'우리의 소원은 민중 / 꿈에도 소원은 민중
민중이여 어서 오라 / 민중이여 오라'
그 무대를 기억하고 추억하는 사람은 없을 것이다
기억할 일도 아니고 추억할 일도 아니다
기억은 추억이 되고 추억은 과거가 되었다

추억은 사람을 우울하게 하고

기억은 사람을 돌아보게 한다

그러나 기억도 추억도 또 지나가면 다 잊혀져가고

잊혀져가면 그저 먼 과거가 될 뿐

거룩한 영혼도 사라졌고 불타던 혁명도 무너졌다

기억도 추억도 과거도 다 무너졌다

기억도 추억도 과거도 되지 못한

어떤 추억도 어떤 기억도…… 아 과거가 없는

손 식기 전에

아주 먼 곳
백석의 남신의주 유동 옆방쯤에서
손끝에 닿을 듯 말 듯
갈매나무며 싸락눈이며 어젯밤 흘렸던 눈물을
또 끄집어냈다가
다시 벽을 향해 돌아누웠다

그는 나보다 더 가난하고
그는 나보다 더 외롭고
그는 나보다 더 늙었고
그는 나보다 더 슬프고
그는 나보다 더 높다

그는 나보다 더 멀리 떨어져 있고
그는 나보다 더 헤맨 것 같고
그는 나보다 더 많이 싸운 것 같고
그는 나보다 더 불안한 것 같고
그는 나보다 더 생각도 많고

그는 나보다 더 먼 곳에 있다

그의 행간에서 슬픔과 아픔과 서글픔의 육신을 만나다

어떤 새가 울다 갔고 날이 뿌옇게 흐리고
시 첫 구절이 내 손에 닿을 듯 말 듯
손 식기 전에 이 시를 써야 한다
손 식기 전에 시를 넣어야 한다
손에 물 묻히기 전에 이 시를 써야 한다

매창 시편

낙타를 빌려 타고 사막에 들어갈까
말을 타고 북간도로 달려갈까
남장을 하고 도성 안의 기생집에 들어갈까
도적패 잔당이 되어 들풀이나 꺾을까
먼 바다나 떠돌까
시골 장터에서 국밥이나 팔아볼까
아편 한 봉지 들고
하! 직소폭포 물줄기나 바라볼까
흩어져 있던 시를 모아 저 나무 밑에 묻을까
전 재산을 걸고 도박판에 앉아볼까

도봉산 쪽에 카페 하나 얻어볼까
매창 시비 보이는 곳에
카페 '이화우'

* 매창 : 시인, 조선 중기 부안 기생.

한 발짝

한 발짝 뚝 떨어져 살았다면 어떻게 되었을까

내몽골 들녘에서 양떼를 몰고 있었을까
티베트 수도원 들락거리는 택배원이 되었을까
먼 나라 간이역의 역무원이 되었을까
두만강 유역을 떠돌던 유랑민이 되었을까
길목 중고서점 알바생이 되었을까
오토바이 타고 치킨 배달하고 있을까
더 먼 곳 스코틀랜드 거리의 악사가 되었을까
마들역 구두 수선집 앞에서 과일 팔고 있을까
시장에 앉아 묘목이나 지키고 있을까
한 발짝 더 떨어져 살았다면……

그러나 지금 이 낡은 시 한 편을 다듬고 있다

시를 읽자
— 주관 : 강원도 도민들을 위한 순회 시 낭독회

늙은 나귀의 등에 시를 싣고 가자
메밀꽃 필 땐 허 생원처럼 봉평 장에 가자
하루는 김유정처럼 실레마을에 들르자
날이 저물면 찜질방에 가서
시를 내려놓고 나귀의 등을 따뜻하게 하자
시를 따뜻하게 하자

정선읍사무소 앞뜰에도 시 한 편 펼쳐놓자
화천군 구만리 마을회관을 빌려 시를 읽자
어떤 날은 노인정 구석에서 혼자 시를 읽자
저 빗소리보다 조금 더 나직이 읽자
태백 황지 도계 철암에도 가자
폐광 앞에서 작고 슬픈 시를 낭독하자
빈집 마루턱에 앉아 시의 안부도 묻자
─어디 아픈 데는 없나?

양구 가마터에서도 시를 나직이 낭독하자
철원 민통선에서도 시를 읽어야 한다

화진포 호숫가에서도 소양강댐 앞에서도
속초 아바이 마을에서도
삼척 죽서루에서도
낙산 홍련암에서도 시를 낭독하자
그리고 시의 등을 토닥토닥 두드리며 위로하자
―수고했어!
―고생했어!

한로

손 닿으면 뭐든 다 서늘할 것만 같다
이슬은 물론 바람도 서늘할 것 같다
물결도 서늘할 것 같고
추석 무렵 잠깐 들렀던 주문진 동해바다도
지금쯤 서늘할 것 같다
원통사 뒤 대문짝 바위도 서늘할 것 같고
하여 오늘의 시는 한로가 될 것 같다

내 시가 나를 알아볼 것 같아 서늘하고
내 시를 속주머니에 넣고 다니는 것도 서늘하다
내 곁에 내 시가 있어 서늘하고
내 시 곁에 내가 있어 서늘하다

어제 받아논 계간지는 아직도 서늘할 것 같다
(계간지 원고 청탁 끊긴 지 언제?)

하백운대

자재암 뒤 하백운대 오르던 길
한 손으로 물구나무 선 돌 하나
잠시 거꾸로 기울여 쳐다보니
뒤집어엎고 싶은 시간들이 막 쏟아졌다
뒤집어엎고 싶은 세상사도 막 쏟아졌다
거꾸로 서서 보니
있음이 없음이요 없음이 있음이다
있음이 있음이요 없음이 없음이다

긴 죽비처럼 물 떨어지는 소리
착하고 악한 것도 큰 것도 작은 것도 흐린 것도
맑은 것도 핫한 것도 헛한 것도
좌도 우도 다 쏟아지던
모든 생각을 다 쏟아버릴 것 같은
내 가슴 쓸어내리던 물소리

큰 덫니 같던 돌부리 하나 있던
아무것도 없던 소요산 하백운대 산마루

도봉면허시험장에서

번호표 뽑고 보니 200번을 기다려야 했다
번호표 잊고 하늘을 쳐다보고
함께 길을 나섰던 시집을 펼쳐보았다
어느 시편 어느 구절에선가
벌떡 일어나 시를 낭독하고 말았다
휴대폰만 들여다보던 사람들이 복잡한 얼굴이 되었다
곧장 구내 경비원이 뛰어왔다
"어디 가서 혼자서 읽으세욧!"
(아무도 없는 곳에서……)

아무도 없는 줄 알았다고 말하려다 그냥 삼켜버렸다
그날 내가 삼킨 말이 시 한 편?
사노라면 사막 같은 길을 걸을 때도 있지만
사막 같은 길을 벗어날 때도 있다
그러나 누구나 다 사막 같은 길을 걷고 있다
낙타도 없이……

이제 남은 것은 오직 그대 몸뿐이다!

．

시가 오는 것도 몸이 먼저 안다!

시도 알고 몸도 알고 오직 시인만 또 모를 뿐!

그러나 세상은 다시 무주공산!

공산은 무언일 뿐!

세상 사람들아! 내일은 572돌 한글날!

법정 공휴일

"시 한 줄 없는 곳에 가서 시 없이 잘 놀다오세요!"

(아무것도 없는 곳에서⋯⋯)

당신의 시

바람이 분다

세상이 어두워졌다 또 흐려졌다

당신은 나무 뒤에 숨었다가

어느 골목으로 사라졌다

사라진 골목 끝에서

바람이 불었는지

당신의 옷자락이었는지

어두운 그림자가 또 보였다 사라졌다

당신이 벗어논 것 같은

당신의 검은 외투만 한

어둠이 보였다

당신이 어둠을 벗어놓았다면

당신은 환한 웃음만 남았을 거다

당신의 헛것을 보았던 순간

당신의 밝고 환한 것

당신의 시 혹은

나의 시

시 없이 살아보기

시 없이 살아볼까
오전 열 시쯤 믹스커피 마시고
오늘은 외롭지 말자
어깨 힘도 좀 빼고 살자
축 늘어진 하루 '지루한 하루'
꿈 없이 살아볼까
꿈도 힘인 것 같다
그러나 힘 같은 것도 없는 꿈
힘 하나 없는 꿈
꿈 하나 없는 시
시 하나 없는 꿈
꿈 밖에서 꿈속이 되었고
꿈속에서 꿈 밖이 되었다
'텅 빈 학교 운동장' 같은
꿈속에서도 꿈 하나 없는
꿈 밖에서도 꿈 하나 없는
시 아닌 곳에서
시 없는 곳에서

제4부

시를 위해

시를 위해 먹고
시를 위해 자고
시를 위해 걷고
시를 위해 술도 마시고
시를 위해 놀고

먹기 위한 것도 아니고
자기 위한 것도 아니고
걷기 위한 것도 아니고
술을 위한 것도 아니고
놀기 위한 것도 아니고

잊기 위한 것도 아니고
나를 위한 것도 아니고
너를 위한 것도 아니고
무얼 위한 것도 아니고
시를 위한 것도 아니고

나 밖에서 나를

나는 차라리 내가 아니라 너일 때가 더 많다

나는 나보다 너일 것만 같다

나는 나보다 너를 의식할 때가 많다

나는 나보다 너일 것만 같다

나는 누구인가 되물어볼 때보다

너는 누구인가 되물을 때가 많다

나는 나를 쳐다볼 때보다

너를 쳐다볼 때가 많다

나는 내가 아니라 너일 것만 같다

나는 나를 볼 때도 너의 눈으로 바라보는 것 같다

나는 없다

나는 결코 내가 아니다

이 외투도 이 구두도 이 노트북도 이 안경도 이 책상도 이

시도 내 것이 아니라 차라리 네 것이다

이 시도 내 것이 아니라 네 것이다

오늘 아침 내가 걸었던 길도 내가 보았던 밝은 태양과 내

가 읽었던 북핵 관련 기사도

　　이것은 내 것이 아니라 네 것이다

　　나는 나를 보지 않고 나는 너를 보고 있다

　　나는 나를 보지 않고 너는 너를 보지 않고

　　내가 쓰고 있는 이 시는 내가 쓰고 있는 것이 아니라

　　네가 쓰고 있는 것인가

　　네가 불러주는 대로 나는 받아쓰고 있는 것인가

　　―시 내림?

　　나는 나 밖에서 나를 생각하다

청산유수

어느 선승은 평생 도를 닦고 덕을 쌓았지만
떠날 땐 청산, 유수 단 한 마디였다
그저 저 산은 푸르고 물은 흐른다는 정도
그게 맞다

어느 시인은 시를 쓰고 시집을 십여 권 상재했지만
독자들을 위해 남겨둔 말은
복잡한 시론도 이론도 아닌
'사막' 몇 군데 헤매던 떠돌이의 노래 정도?

시는 '여기' 있는 게 아니다
시는 '저기' 있다는 정도
시는 '있는' 것도 아니고
시는 '없는' 것도 아니고
시는 '읽는' 것도 아니고
시는 '쓰는' 것 정도

시는 '씹는' 것도 아니고

시는 '먹는' 것도 아니고
시는 '돈'도 아니고
시는 '시'도 아니고
시는 시 '비슷한' 것도 어니고
시는 '마시는' 것도
시는 '슬픈' 것도 '아픈' 것도 아니고
시는 누구한테도 들키기 싫은 조용한 '눈물' 정도

간혹 '비/웃음' 정도
그런 '마음' 정도
'산다'는 게 그렇듯

길

산속은 꿈속과 달리 새가 날고
물이 흐르고 있었다
앞서 가던 노인의 뒤꽁무니엔
누런 강아지가 매달려 있었다
목줄이 풀린 채

까치가 일정한 간격으로 울었고
눈발 비슷한 것도
바람 비슷한 것도 없었다
바람 비슷한 것
눈발 비슷한 것은 있었다
꿈속에선 자전거를 끌고 갔는데
산속에선 홀로 걷고 있었다

가파른 산길을 오르다 보면
저 골짜기 절집도 생각나고
이 골짜기 아래 절집도 생각난다
이 길 끝에 피었던 꽃도

저 길 너머 피었던 꽃도

이 길 버리고 저 길 꺾어 내려간다
저 길 끝에는
홀로 걸어가야 할 길이 있고
저 길 또 꺾으면
내가 걸었던 길이 보일 것이다
내가 걸었던 길
네가 걸었던 길

아무것도 아닌 것들

파도 소리나 들으면 좋으리
겨울 저녁 여섯 시쯤
죽도(竹島)는 바다보다 바위가 좋고
바위보단 어둠이 더 좋으리
(바람은 하나도 없음)
죽도엔 바다는 없고
큰 바위만 한 어둠만 있으리
(바람소리 들으면 좋으리)
낯선 여자 같은 어둠만 있으면 좋으리

바다도 없고 여자도 없고
어둠도 없고 바위도 없고
아무도 아무것도 없는 곳에서
아무것도 아닌 것들을 위하여
주먹을 움켜쥐면
주먹만 한 어둠 하나 움켜쥘 것 같은
아무것도 아닌 것들을
어둠을 위하여

내가 나를 돌아서듯

저 명태 새끼까지 다 잡아 먹어치웠지
생태 배를 갈라 속 다 뒤집어놓고
한겨울 명태 덕장에 던져놓았으니
정이 떨어졌을 거야 돌아서고 싶었을 거야
동해 바다 깊은 속도 더 깊어졌을 거야

해가 뜨고 달이 떠도 그 깊이를 짐작할 수 있겠나
우울할 때 한 번 더 속이 깊어지듯……
(저 우울의 깊이)
깊어지면 또 낮아지듯
낮아지면 또 슬퍼하듯
저 바다도 깊고 낮고 슬퍼하였을 거야

바다가 바다를 돌아서듯
청춘이 청춘을 돌아서듯
시가 시를 돌아서듯
내가 나를 돌아서듯
바다도 청춘도 시도 슬픔도

문학사의 한순간 1

김수영 시인이 불의의 사고로 세상을 떴다는
소식을 접한
김춘수 시인의 첫 마디
"J 선생! 오늘은 아주 슬픈 날입니다"

김춘수는 짝을 잃은 심경이었을 것이오
생전에 김춘수는 시를 쓸 때
김수영을 의식했다는데……
김수영이 없는 세상,
시를 쓸 때 누구를 생각했을꼬?
오직 본인만(?)

시인의 한마디가
저 한국문학사의 능선을 오르내리던
아름답고 또 슬픈
시도 시인도 없는 문학사의 한순간……

그러나 지금은 문학만 겨우 남았고
저 한국문학사도 사라진 시대

아무도 문학사를 쓰지 않고
아무도 문학사를 읽지 않고
아무도 한국문학사에 오르내리지 않는
문학도 문학사도 없는
역사도 역사의식도 없는
불쌍하고 또 슬픈 것만 겨우 남은

어떤 사명도 소명도 감명도 감성도 감수성도 없는
정의도 정치도 만남도 관념도 개념도 없는
토론도 절차도 과정도 열정도 각성도 없는
성찰도 통찰도 질타도 개탄도 탄식도 없는

고뇌도 소신도 회의도 회한도
개혁도 혁신도 상식도 기준도
불평도 불만도 비판도 판단도
자유도 자율도 희망도 절망도
없는

아주 아주 희한한 자유와 해방과 굴욕과 굴복과

개풀과 개떡과 기득권과 진영 논리와
유희와 맛집과 웃음과 좋아요만 남은
거대한 집단과 이념은 사라지고
위대한 개인과 제도만 남은
오락과 예능과 유머와 수다와 양극화와
반목과 불균형과 불공정과 불평등과
위선과 허무와 비애와 공허와 비루함만
남은

아주 아주 작은 미소와 묵념과 상념과 신념과
묵묵히 서 있는
뚝 떨어져 있는
저 헐벗은 나무들의 침묵과 냉소와 서늘함만
남은

문학사의 한순간 2

몇 줄 끄적거리다 만 딸애의 이력서를 들고
문단 후배 일하던 출판사에 들러
겨우 꺼내놓고 돌아서던
시인 김종삼
어느 반듯한 곳엔 쉽게 꺼내놓지도 못하고
고작 후배 앞에다 내놓고
더 말을 잇지도 못하고
무겁게 무겁게 되돌아서던
시인 김종삼

되돌아서서 걷던 길에
어쩌자고 고(故) 김수영을 또 생각하였고
김소월을 생각하였을까
그런 날은 어디 가서 봄비에 실컷 두들겨 맞거나
레바논 골짜기 같은 데
한 사나흘 꼼짝없이 처박혀 있거나
시를 썼다 지우고
시를 썼다 또 지우거나

문학사의 한순간 3

김춘수 시인은 술을 한 모금도 못 마셨다
김춘수 시인이
차 마시고 돌아서던 길모퉁이 찻집이 눈에 선하다
(그 집 주인은 누구였을까?)

김수영 시인은 시보다 술을 더 좋아했다(?)
김수영 시인이
술 마시고 헤매던 저 들판이 눈에 밟힌다
(틀니 또 어디다 두고 왔을까?)

김수영 시인은 술집 탁자 끝에 놓아두었던
거제도 포로수용소에서 제작한
본인의 미제 틀니조차 까맣게 잊어먹고
끝까지 술을 마셨다

김수영 시인은 술을 끝까지 또 끝까지 마셨다
시인은 끝까지 가야 하는가
저 끝까지 가야 시도 되고 시인이 되는가?

저 끝까지
어쩌면 저 너머 저 끝까지

시인들은 더 이상 술을 마시지 않는다
시인들은 더 이상 차를 마시지 않는다
한국문학사의 저 심심한 뒷모습은
그 어디에도 기록될 수 없을 것이다

시인들을 기록할 한국문학사는
이제 더 이상 존재하지 않는다
한국문학사를 기록할 시인들도
이제 더 이상 존재하지 않는다

문학사의 한순간 4

인사동 16길 '유목민'에서 시인들과 술을 마셨다
(삼십여 년 낯익은 시인들이 왜 낯설었을까?)
(나 혼자만 낯설었을까?)
공연히 담배 피우려고 문밖을 드나들었다
(아니다 창밖의 담배 피우는 풍경을 내다보았다)
어깨 너비만 한 저 담장 맞닿은 골목길
저 길 도로명 혹시 인사동 천상병길?

늦은 밤 천천히 술집을 나서려다
문득 문턱을 넘는 순간
문학사의 한순간!
한쪽 벽면에 등을 납작 붙이고 앉아 있던
시인 천상병
(이 집 백발 주인도 천상병 광팬?)
한쪽 눈을 잔뜩 찡그린 채
어느 술집 12월의 낱장 달력 아래서
하늘로 돌아가기 사나흘 전
마지막 술자리 같던

외로움 같은 것도 다 털고

단호하게

단정하게

단념하듯

이 지상에 아직 조금 더 남아 있는 시인 자신을

물끄러미 되돌아보듯

오래된 눈물

봄비 내리는 늦은 오후
내 앞에서 굵은 눈물 흘리던 사람이 생각난다

그는 아주 먼 길을 떠날 거라고 하였다
지난밤 또 밤새도록
그는 내 앞에서 무슨 말을 어떻게 해야 할지 되뇌고 또 되
뇌었을 것이다
그리고 그 많은 말들을 다 삼켜버렸을 것이다

그가 삼켜버린 슬픔과
그가 삼켜버린 운명과
그가 삼켜버린 사랑은
내 앞에서 다시 또 그의 눈물로 흘렀을 것이다

나도 그를 따라
아주 먼 길을 떠나고 싶었다

내게 남은 것은

그의 오래된 눈물이 아니라

그의 굵은 눈물 앞에서 나는 또 어떤 길을 생각해야만 했을까

나도 아주 먼 길을 떠날 거라고

나도 아주 먼 길을 가야 할 것 같다고

그와 나

그는 커피를 좋아하고
나는 술을 좋아한다
그는 단골집을 싫어하지만
나는 단골집을 찾는다
그는 신곡을 부르고
나는 옛 노래를 부른다
그는 산책을 하고
나는 조깅을 한다
그는 농담을 즐기고
나는 잡담을 즐긴다
그는 가끔 싱겁게 웃곤 하고
나는 가끔 싱겁게 울곤 한다
그는 역사를 믿지 않지만
나는 역사를 믿는다
그는 자유를 지향하고
나는 평등을 지향한다
그는 세상을 가볍게 생각하지만
나는 세상을 무겁게 생각한다

그는 개인을 존중하고

나는 사회를 존중한다

그는 안을 보고

나는 밖을 본다

그는 관념을 중시하고

나는 이념을 중시한다

그는 대체로 비현실적이고

나는 가급적 현실적이다

그는 그를 생각하고

나는 남을 생각한다

그도 시를 쓰고

나도 시를 쓴다

꽃나무 1

꽃나무 아래서 휴대폰을 꺼내 들고
까르르 까르르 웃으면서 꽃을 찍는 여자가 있다
좀 더 가까이 갔다 뒤로 물러서면서
꽃나무와 밀고 당기는 밀당
아예 꽃 속으로 들어가 꽃이 될 것도 같은

꽃나무도 몇 발짝 물러섰다 앞으로 나섰다
(대충 찍어!)
여자는 대충 찍지 않는다
액정 화면을 들여다보곤 다시 꽃나무에게 다가간다
(나도 꽃이 되고 싶단 말이야!)
(나도 꽃처럼 웃고 싶단 말이야!)

나도 꽃이 되고 싶다는 말 한 적 있을까
나도 꽃처럼 웃고 싶단 말 한 적 있을까
꽃보다 더 바쁘고 불처럼 급하게 살았겠지
술도 담배도 직장도 사람을 만나는 것도
또 시를 쓰는 것도

천천히 살면 뒤처지는 줄만 알았겠지

꽃나무 아래서 꽃구경 한번 한 적도 없는데
이거 제대로 살았다고 할 수 있을까
꽃나무도 꽃 피울 때
가장 힘들고 '온몸으로 동시에 밀고 나가는'

가만, 한 번만 더 생각해보면
시도 가장 힘들 때 온다!
시도 온몸으로 동시에 밀고 나가는 것!
그러나 시는 꽃처럼 눈부시지도 않고
환하게 웃는 것도 아니고
누가 가까이 와서 거들떠보는 것도 아니다
시인의 가슴 높이쯤에서 간신히 피었다
툭 떨어지는 것
툭 툭

꽃나무 2

꽃은 무엇이 되고 싶은 것도 아니다
꽃은 꽃이 되었던 것도 아니다
꽃은 오직 침묵할 뿐이다
꽃은 오직 한 번 웃고 있었을 뿐이다
꽃은 한 번 울고 있었을 뿐이다
꽃은 침묵하지 않았다
꽃은 침묵하지 않는다

세상의 모든 꽃들은 울지 않는다
세상의 모든 꽃들은 웃지 않는다
세상의 모든 꽃들은 침묵하지 않을 것이다
세상의 모든 꽃들은 침묵하지 않는다
바람이 불고 있었다

어떤 꽃은 결코 피지 않는다
어떤 꽃은 결코 지지 않는다
어떤 바람도 불지 않았다

꽃도 생각이 있고 추억이 있고 아픔도 있으리

꽃나무와 꽃나무의 행간 사이
어떤 바람이 불었다
꽃도 삶이 있고 느낌이 있고 외로움도 있으리
나뭇가지 하나 움켜쥐었다
쿨하게 내려놓던
허공 속의 저 꽃 한 송이!
이것도 환상인가 허상인가 일상인가

기록과 반복 강박의 시쓰기

박세현

출판사에서 보낸

강세환 시집 원고 첨부파일을 연다. 누군가의 시집 날원고를 읽는다는 일은 즐겁고 두렵다. 쓴 사람에게도 그것은 사건일 것이고, 읽는 사람에게도 사건으로 다가온다. 시란 무엇인가. 이렇게 써놓고 웃는다. 해설용 원고가 대답해줄 것이다. 그렇게 생각하면서 천천히, 시를 읽기 시작한다. 시를 쓴 사람이 고민하면서 타자했을 시들이 하나씩 눈앞으로 다가온다. 어서 와, 처음 보지? 나의 시. 해설자와 시는 그렇게 눈인사를 나누면서 마음을 섞기 시작한다. 처음엔 몸을 섞는다고 썼다가 너무 시적이어서 수정했다. 시의 편수를 헤아려보지는 않았어도 꽤 많은 시편들이 수록되었다. 시를 읽어나가면서 드는 생각의 들머리는, 이 시들은 해설 없이 읽었을 때 더 순연하게 다가오리라는 느낌이다. 시라는 게 해설로 해결되는 건 아니다. 시는 해설 따위에 저항하는 글쓰

기다. 해설은 시의 이해를 방해하는 매개가 될 공산이 크다. 나의 해설(解說)은 그러므로 해설적(害說的) 언급일 뿐이다. 이 시집은 자족적이며 그만큼 자기해설적이다. 그런 점을 염두에 두면서, 자판을 두드리겠다.

늙어서까지

시를 쓰는 사람은 두 경우이다. 아직도 자기 생에서 해결되지 못한 무엇이 있든가, 시 쓰는 버릇을 해소하지 못한 경우다. 시인은 독자의 질문에 응답하게 될 것이다. 늙어서까지 시를 쓰려는 사람에게 필요한 것도 두 가지다. 시에 목매지 않을 것과 오직 실패하는 시만 쓸 용기와 자유가 전제되어야 한다. 다소 거친 시선으로 보자면 한국 시에는 성공한 시만 보인다. 그것도 아주 손쉽게 성공하고 있다. 해설자가 규정하는 성공은 시들이 아주 편하게 독자들과 타협한다는 지점을 가리킨다. 잘 썼다, 신선하다, 새롭다는 거짓 평론 등등. 이런 반응은 시에 아무 도움도 되지 못한다. 좋은 시는 문자적 환상이다. 풀어서 말하겠다. 좋은 시가 있다는 환상을 거두면 모든 시가 자기 목소리와 포즈로 빛을 발한다. 독자는 그 빛 속을 지나가면서 시의 빛을 망각한다. 그러면 된 것. 시는 더 이상 한 시대의 빛이요, 길이요, 꿈이 아니다. 시는 각자의 증상이고, 타자의 흔적이고 헛소리다. 헛소리는, 꿈속에서 누군가에게 쫓기면서 외치는 외마디 비명을 닮은 문자적 가위눌림이다. 모든 참소리의 이면이 헛소리다. 헛소리는 그래서 참소리의 허구성과 이념성을 격파하게 된다.

그럼 이제부터

몇 마디 췌언을 시전하겠다. 강세환은 김수영학교 학생이다. 모범적인 학생이다. 그는 김수영의 문학적 개념과 시적 어법에 오염된 채로 시를 쓴다. 그것은 좋은 것도 좋지 않은 것도 아니다. 선배는 후배를 오염시킨다. 좋은 후배는 선배를 오염시키고, 죽은 시인들을 오염시킨다. 강세환은 김수영에게서 시적 진정성을 연수받았을 것으로 추정된다. 시인은 오래전에 죽은 김수영의 응시 아래 놓여 있다. 이 경우 시인이 응시를 벗어나는 길은 무엇일까. 사랑과 욕망의 대상을 부수고, 왜곡하고, 위조하고, 새롭게 창안하거나 멀리, 더 멀리 도망가는 길이 있다. 해설자가 해설 자리에서 보기에 시인은 김수영을 오늘의 시점에서, 자기의 시각에서, 자기의 언어로 위조한다. 문장을 간추리자면 강세환은 김수영을 자기식으로 반복한다. 이 시집은 김수영 시를 부제로 삼고 쓰여진 시들로 채워졌다. 시인은 김수영 시에 기대고 있다. 김수영의 팔에 기대어 다른 꿈을 꾸는 시를 만든다. 궁금한 독자는 시집을 펼쳐서 아무 곳이나 읽어보면 된다. 시인이 얼마나 꼼꼼하고, 촘촘하고, 신경질적으로 김수영을 연구하고, 탐문하고, 답사하고, 필경하고 있는지를 여지없이 알게 된다. 이런 작시법의 효율성에 대해서 독자들은 잠시 생각하게 될 것이다. 한국 시에 이와 같은 아갈마가 있다는 사실은 놀랍고 기쁘다. 시집의 곳곳에서 김수영의 목소리가 들려오거나, 강세환의 목소리가 들려온다. 두 개성의 합성된 목소리가 들려오기도 한다. 그것은 처음부터, 부지불식간에 그렇게 튜닝된 의도였을지도 모른다. 나름의 크고

작은 이와같은 시적 울림이 시집에 독특한 미감을 부여한다. 시인의 주된 관심은 이데올로기다. 해설자는 우리 시대를 장악하는 관습, 픽션, 고정관념을 이데올로기로 규정한다. 이데올로기는, 마치 ~인 듯이'의 세계를 살아가도록 우리를 묶어놓는다. 마치 대통령인 듯이, 마치 남편인 듯이, 마치 진보주의자인 듯이, 마치 노동자인 듯이, 마치 태극기부대인 듯이, 마치 시인인 듯이 사는 삶은 예외없이 이데올로기에 충실한 삶이다. 이런 논점으로 볼 때, 시인은 이데올로그의 삶을 성실하게, 핍진하게 시라는 형식으로 구성하고 있다. 와야 할 것이 오지 않았을 때의 결핍이 아니라, 자기 삶의 자리가 어긋나고 일그러졌을 때 시인은 분노한다. 시인은 그러나 그 자리가 어떤 자리인지 분명하게 말하지 않는다. 알면서도 그 결핍점을 문자로 쓱 뭉개고 지워나간다. 그것은 행동이나 실천이 생략된 문자적 포즈다. 그의 문학적 우상 김수영은 포즈가 아니라 정직에 매진했다. 정직도 알고 보면 하나의 포즈다. 정직하다는 포즈가 그것이다. 실천이 시들해진 시대에는 포즈적 언술들만 남아서 떠돈다. 시인은 그것을 잘 안다. 국가와 사회와 개인들 사이에 분명하게 시전되고 있는 모순 앞에서 무기력한 자신을 시의 문법으로 받아들인다. 시인이 의탁하는 시의 문법은 김수영으로부터 전수받은 이해와 욕망의 산물이다. 그의 이해는 그러나 불가피한 오해의 자리다. 그 빗나간 자리가 바로 시인의 토포스다. 김수영이 강세환을 만났다면 '강 형, 시는 그런 게 아니야.'라고 말할지도 모른다. 강은 다시 김에게 황송하게 말할지도 모른다. '선생님, 그건 저도 알지만, 저도 불가피한 국면이 있습니다. 아시잖아요. 저는 그 길을 가고 있는 중입니다.' 모든 이해는 각자의 오해다.

그의 시에서

눈에 띄는 것은 기록성이다. 시인은 메모광이다. 무엇이든 꼼꼼하게 기록하는 습관을 가지고 있다고 한다. 그래서인가 시인은 기억이 아니라 기록으로 자기 시를 대체하는 방법을 앞세운다. 그것은 그의 시가 보여주는 꾸준한 장점이다. 물론 해설자는 시인의 메모를 사실로만 수용하지는 않는다. 사실은 언제나 그 사실을 배반하고 균열을 내기 때문이다. 메모는 메모일 뿐이기에 그것을 즉물적이고 역사적인 사실로 이해하는 것은 매우 조심스럽다. 그래서 그 사실들은 '그렇다 치고'라는 전제를 깔고 있어야 한다. 그렇다 치고, 그의 시에는 선배 문인들의 이름이나 그들의 행적, 시인이 관계했던 문학 행사, 여행지 인상 등이 잘, 세세하게 시의 문맥에 등장한다. 그의 시집을 읽는 재미 중의 하나가 어떤 기록에 대한 환상인지도 모르겠다. 시인의 시선 속에 붙잡힌 다른 시인들의 모습을 관찰한다는 것은 동업의 입장에서는 진기한 즐거움이다. 그의 기록성에는 그에게 시를 쓰게 만들었던 시대정신 같은 것이 자연스럽게 녹아 흐른다. '비전향 장기수', '작가회의', '구속 문인 석방'과 같은 워딩들이 그것이다. 시인이 오랫동안 몸담았던 시의 원장면을 그는 버리지 못한다. 그 장면을 그리워하며, 부인하며 갈등하는 순간이 시로 태어난다. 「그렇다는 것」 「바꿀 수 없는」 「쓸데없는 짓」(꾸며서 쓴 것이지만) 등의 시편이 기록적인 요소가 가미된 시들이다. 그런가 하면, 시인은 자신의 기록성을 유지하는 방법으로 반복이라는 좀 특별한 방법을 채택한다. 동일한 시어를 반복하거나, 동일한 주어나 서술어를 반복하는 문장을 지속적으로 사용한다. 반복은 의미를 강화하려는 의미 강박이다. 의미의 한계를 실험하고 있다는 뜻도 되면서 때로 반복은 시적 주술성을 불러오기도 한다. 이런 반복의 방식은 선배 시인들에게서 익숙하게 보아온 방식이다. 이상의 「오감도」가 그렇고, 윤동주의 「팔복」이 그렇고 김수영의 「풀」의 구조가 그렇다. 시인의 시에서 보여지는 지속적이고, 끈질기고, 강박적으로 사용되고 있는 반복은 주목되어야 하는 강세환 시의 표나는 특징이다.

시인은 반복을 자기 시의 기법으로 밀고 가는 것인가. 반복이 만들어내는 리듬을 즐기는 것인가. 아니면 단순한 시의 축조 방식인가. 그 모든 것인가. 독자는 질문하게 된다. 여하간 시인이 집요하게 기대는 반복은 시의 기법이면서 습관적 공법으로 읽히기도 한다. 강세환의 반복은 아주 낯익으면서 동시에 아주 낯설다. 그의 반복에는 작위성이 개입된다. 문학에서 작위는 권장되는 표현이 아니다. 작품의 질서를 어색하게 만드는 억지스러움 때문이다. 천의무봉이 숭상되는 것도 이런 까닭이다. 지금도 이 말은 문학적 관습으로 내면화되고 있다. 바느질 자국이 보이지 않는 옷에서 우리는 감동을 받는다. 훌륭하다, 위대하다는 보편적 찬사가 그것이다. 때로, 작위성은 이러한 이데올로기적 픽션에 대한 삿대질이다. 작위는 보편성의 표면에 구멍을 내는 일이다. 일종의 과잉이다. 시인이, 시에서 강박적으로 사용하는 반복을, 해설자가 작위성으로 풀이하는 이유가 여기에 있다. 과하게 말하자면 억지스럽다는 것이다. 더 과하게 말하자면 그렇게까지 비슷한 문장을 되풀이할 필요가 있을까 하는 의구심이다. 관행적 시선으로 보자면 그러하다. 같은 말, 비슷한 말이 반복되는 것을 시는 꺼린다. 그런데 강세환은 그것을 자기 시의 방법으로 채택한 것으로 읽힌다. 해설자의 말을 확인하고 싶은 독자는 지금 당장 시집을 펼쳐보길 바란다. 미처 읽지 못한 독자들을 위해 시를 잠깐 인용하겠다. "나는 담배를 입에 물고 살았고 많은 술을 마셨다/등단하자마자 곧바로 작가회의에 가입했고/농성과 집회와 각종 모임도 빠지지 않았다/그 어떤 뒤풀이도 빠지지 않고 참석했다/김수영과 살았고 또 김종삼하고도 살았다/신경림과 살았고 또 김지하하고도 살았다/또 작가회의에서 만나 의기투합했던 많은 친구들과 살았다/시를 쓰며 살았고 또 시를 읽으며 살았다/단편소설을 읽고 베토벤을 들으며 살았다/창비 쪽에서 쭈욱 살았고 창비 쪽에서 컸다/그러나 친구들은 나를 창비 서자라고 한다/수락산 귀임봉과 무수골 원통사 길에서 살았다/그리고 나는 순간 순간 그리고 천천히/한국 정치와 살았고 한국 정치와 헤어졌다/한국 교육과 살았고 한국 교육과 헤어졌다/그러나 나는 천천히 그리고 순간 순간/너를 위해 살았고 또 너를 위해 헤어졌다/남의 시선을 위해 살았고 남의 시선과 헤어졌다/나는 남과 싸웠고 그만큼 나하고도 싸웠다/분노를 위해 살았고 분노를 위해 헤어졌다/슬픔을 위해 살았고 슬픔을 위해 헤어졌다/시를 위해 살았고 시를 위해 또 시를 썼다/시를 위해 시를 썼고 나를 위해 시를 썼다/이젠 아무것도 없이 시를 위해 시와 살아갈 수 있고/시는 시를 위한 것도 나를 위한 것도 아니다/시는 바람의 절친도 구름의 내연녀도 아니고/어떤 권력이나 자본과 동맹도 연합 관계도 아니다/시는 또 아무것도 정말 아무것도 아니다/시는 결코 아름다운 영혼도 황홀한 언어도 아니다/결국 헛살기 위해 굳이 헛살았다는 듯". 「나는 무엇으로 살았는가」 전문을 복사했다. 단순한 자기 기록으로 읽힌다. 독자는 해설자의 말이 지나치지 않다는 것에 동의할 것이다. 강세환 시의 기본형이라고 해도 그리 과하지 않은 시다. 이 시에 보여지는 단순한 문장 구조의 반복은 강세환 시의 부분적 예에 지나지 않는다. 독자에 따라서는 이러한 반복을 권태롭게 읽을 수도 있다. 지치지 않고 되풀이되는 시행의 반복성이 시인 특유의 기법으로 인정되기 위해서는 독자들의 사후적 승인이 요구된다. 해설자는 생각한다. 시는 천의무봉의 실천이 아니라 낯설고 괴기스러운 유령의 현현이기를 소망한다. 시인의 시적 반복과 강박에 천지신명의 빛이 있기를!

앞자리에서

나는 강세환 시인이 김수영에게 매혹당했다고 말해왔다. 그리고 김수영이 벌여놓은 시의 영역 안에서 시를 썼다고 지적했다. 해설은 그의 시를 기록성과 반복성으로 특징지어보았다. 그가 사용하는 반복은 지극히 충동적이다. 거의 참을 수 없는, 참아지지 않는, 견딜 수 없는, 견뎌지지 않는 욕망의 분출로 보인다. 충동은 참을 수 없는 욕망이다. 강세환의 시에서 되풀이되는 반복은 거의 죽음 충동에 가까운 집요함이다. 죽음을 무릅쓰는 모든 행위는 죽음 충동이다. 시집 전체가 통주저음의 지속처럼 시행의 반복은 지속된다. 해설자는 반복이 시에서 하는 시적 역할을 작위

로 이해한다. 이 시집 전체를 휘감고 누비는 작위성을 미숙함의
표현이 아니라 익숙함을 통해 그 익숙함을 넘어가려는 강세환식
전위로 이해할 것을 제안한다. 흥미로운 것은 이 도저한 반복 속
에 시인은 자기를 던져놓고 자신의 양심을 시험한다. 그것은 시
민성이 아니라 서민성을 고백하는 양심이다. "일요일 늦은 오후
술 한번 마셔보아라/내일 걱정하지 말고 몸 생각 하지 말고/술값
을 누가 낼지 눈치도 보지 말고/다 마셔보아라/내일 아침 치질이
또 도질까 걱정하지 말고/지하철을 탈 것인지 택시를 탈 것인지/
고민하지 말고/남북회담 북미회담 같은 것도 생각하지 말고/김수
영의 말마따나 농부나 거지가 되지 말고/다 마셔보아라/술자리
참석자 면면들도 생각하지 말고/술값 오만 원 넘지 않기를 바라
지 말고/아무것도 아무것도 바라지 말고//목련이 가면 영산홍이
또 올 것이다/떨어진 목련을 바라볼 것인가 영산홍을 기다릴 것
인가/저 꽃 핀 나무의 면면도 생각하지 말고/저 꽃 진 자리의 바
닥도 바라보지 말고/술 마실 땐 술만 마실 것!/그러나 내일 아침
이른 출근길보다/마음에 걸린 것은/오늘 저녁 술값 구만 오천 원/
친구들보다 내가 먼저 카드를 급하게 긁어버린 것이다/그래도 괜
찮다/이렇게 또 술 한 잔에 시 한 편을 건졌으니까." "술을 먹을 때
도 몸을 아껴 먹는다"는 김수영의 시가 부제로 달려 있는 「술」이
다. 솔직한 시다. 솔직함과 정직함이 같은 위치에 있는 개념인지
는 모르겠다. 자신이 낸 술값 "구만 오천 원"은 아깝지만 "술 한 잔
에 시 한 편을 건졌"다는 시인의 안도감은 독자에게 일말의 아이
러니를 제공한다. 요즈음은 쓰지 않는 말로 소시민성의 표출이
다. 시 한 편을 생각하는 마음만은 참 공손하다. 그 점이 시인의

장점이라면 해설자는 부인하지 않겠다. 시를 향한 그의 충성심은 누구 못지않다. 그런 차원에서 또 다른 시 「나의 하루」는 시집 수록 시 가운데 깊은 인상을 남긴다. 시인은, 눈 내리는 날 바다 가까운 강릉의 초당동에서 순두부찌개를 먹는다. 시보다 현실이 앞서는 장면이다. 그 범상한 일상을 시로 바꾸는 것은 "시와 순두부를 구별하지 못하"는 자의식에 있다. 순두부라는 현실과 시라는 비현실의 섞임은 이 시에 괜찮은 부력을 제공한다. 이 시는 시인 자신의 장처인 기록과 반복이 다른 장면에서, 그것이면서 그것이 아니게, 다르게 태어난 시라고 이해된다. 강세환적 기록성과 반복성을 변증법적으로 종합하는 시의 사례라는 결론에 이른다. 아래에 시를 원본 그대로 복사해놓고, 나는, 악극단 변사의 역할 같은 해설자의 입장이 아니라, 지나가는 독자의 입장에서, 읽어본다. 앞 부분의 세 행만 읽고 멈춘다. 뒷부분은 순두부찌개처럼 저절로 끓어오른다.

눈이 내리고
겨울바다 가까운 초당동에서
순두부찌개를 먹는다
메뉴 고를 것도 없이
메뉴판 쳐다볼 이유도 없이
순두부찌개를 먹는다
양념도 굳이 반찬도 필요 없는
순두부찌개를 먹는다

시와 순두부를 구별하지 못하던

글을 마치려니

시집 해설이, 충분히 해설되었는가 돌아보게 된다. 써놓고 보니 내 얘기가 내 얘기 같지 않고, 어디선가 베껴온 듯하다. 해설에 묻어 있는 남의 흔적을 지우려다가 그만둔다. 어디서 어디까지가 남의 것인지 구분이 가지 않는다. 내 거인 듯, 내 거 같은, 내 거 아닌 문장들이 튀어나온다. 정신분석과 문학의 교차점의 하나는 자기 삶에서 타자의 흔적을 지워내는 일이다. 배운 대로 말하지 않고, 내 목소리로 말하기가 그것이다. 시적 실천은 다르게 생각하고 다른 문법을 창안하는 일이다. 그것이 쉽지 않은 것은 문학이라는 상징계에 갇히기 때문이다. 해설은 중얼거린다. 시인은, 좋은 시인은, 뿔뿔이 달아나야 한다. 가즈아. 치명적인 시인은, 스승과 입맞추지, 말아야 한다. "너무 아픈 사랑은 사랑이 아니었듯이" 언제나 너무 시 같은 시는 시가 아니다. 그것은 관념 고정의 시늉이자 복제물이다. 우리는 시를 쓰면서 시에 속거나 시를 속인다. 우리는 시를 쓴다고 하면서 진지하게 헛다리를 짚는다. 별을 보면서 길을 찾아가던 시대가 지나갔듯이, 시인을 숭배하는 시대는 이제 오지 않을 것이다. 비인간 지능이 시인의 고뇌를 대신할 것이다. 시인은 무엇으로 사는가. 강 시인은 뜨개질을 하며 산다고 대답할 것이다. 시집 앞에 놓인 「시인의 말」을 해설의 끝자리에 복사하면서 해설의 입구멍을 막는다. 시인의 목소리를 직접 듣는 것이 해설 나부랑이를 읽는 느낌보다 훨 생생하다. 시인이

애용하는 시여, 시인이여!를, 밑줄 없이, 강 시인보다 낮은 톤으로 읊조리면서, 해설의 독립된 막단락으로 시인을 모신다. 이제, 독자는, 해설이 아니라, 시인의 육성에, 귀 기울이시기를 바라 마지 않으면서, 해설의 썰을, 까맣게, 잊어주시기 바란다.

시가 갑자기 폭포처럼 쏟아졌다 시를 한 편 쓰고 일어나면 또 앉아서 시를 쓸 수밖에 없었다 시가 내 앞에 오롯이 앉아 있었고 나도 어떤 여자처럼 시 앞에 오롯이 앉아 있었다 시 앞에 앉아 있다 보면 시도 나도 진심으로 황홀하고 또 아름다웠다 그러나 마치 구멍 숭숭 뚫린 허공 같은 그물을 던졌다 끌어당기는 이 허황한 황홀이야말로 시의 운명이며 시인의 운명 아니겠는가. 이젠 이런 운명도 황홀도 다 사라졌다. 다 사라진 그곳에 시의 자존심과 시인의 자존심만 겨우 남아 서로 또 나직이 바라보고 있을 뿐이다.

사족

해설은 끝났지만 끝난 게 아닌 듯 남아도는 찌꺼기가 있다. 그래서, 본문과 관계없이, 독자와 관계없이, 해설 고료에도 계산되지 않는, 본문에 포함되었으나 글의 균형상 삭제되었던 부분을, 뱀의 없는 다리 그리듯이 살려놓기로 한다. NG 모음 같은 것이리라. 강세환 詩兄, 오래도록 시의 트랙에 남아서 마침내, 끝끝내, 이렇게, 원로 같지 않은 원로가 되었구려. 시를 쓴다는 노동은 내 어렸을 적 동네 속담으로는 "좁쌀로 뒤웅박을 파는 일"에 해당됩니다. 장군이 이 잡는 꼴이기도 하고요. 뭐, 이거야 협소하고

모난 내 생각이지만, 강 시인이 그 옛날, 저 1980년, 계엄령 내린, 강릉문화방송 길 건너편에서, 취기를 못 이긴 채로, "비상계엄 철폐!"라고 외치던, 그러나, 무장한 보초병에게 들리지 않도록 소심히 외치던, 그 광경이, 떠올라와서, 혼자, 웃었소이다. 웃음은 웃음만이 아니었지요. 생각 같아서는, 그때, 좀 큰 소리로 질러버려서, 군인들에게 잡혀갔다면, 뒷날, 보상금도 받고, 운 있으면 국회의원도 해먹었을 터이고, 시 같은 건, 쓰지 않아도 좋았을 것이라는 혼자 생각도 했소이다. 해설료 나오면, 1980년대 정서가 흐리게 박제된 상계역 부근 뒷골목에서 한잔합시다. 취하면, 강 시인은, 늘 관용적으로 중얼거렸지요. "우린, 가짜가 아닙니다". 그 말이 왜, 꼭, 우리는 가짜라는 애달픈 고백으로 들렸는지 모르겠소이다. 다들, 양심껏, 별수없이, 시적으로, 사기를 치는 거지요. 정치하는 것들은 툭 하면, 검은 양복 차려입고 국립묘지로 조폭들처럼 몰려가잖소. 강 시인은 시집을 들고, 수유리를 찾아가면 되겠소. 약발 떨어진 김수영식 처방전은 김수영에게 반납하고, 전망 없는 각개전투에 나서는 거지요. 그나저나, 봄 나면, 강릉 초당동에서, 순두부찌개를 먹으면서 파도 소리를 들어도 괜찮겠소. 치질도 잘 다스리고, 겨울 잘 나시오. 축.

박세현 | 빗소리듣기모임 비상임 대표

1 **광장으로 가는 길** | 이은봉 · 맹문재 엮음
2 **오두막 황제** | 조재훈
3 **첫눈 아침** | 이은봉
4 **어쩌다가 도둑이 되었나요** | 이봉형
5 **귀뚜라미 생포 작전** | 정원도
6 **파랑도에 빠지다** | 심인숙
7 **지붕의 등뼈** | 박승민
8 **살찐 슬픔으로 돌아다니다** | 송유미
9 **나를 두고 왔다** | 신승우
10 **거룩한 그물** | 조항록
11 **어둠의 얼굴** | 김석환
12 **영화처럼** | 최희철
13 **나는 너를 닮고** | 이선형
14 **철새의 일인칭** | 서상규
15 **죽은 물푸레나무에 대한 기억** | 권진희
16 **봄에 덧나다** | 조혜영
17 **무인 등대에서 휘파람** | 심창만
18 **물결무늬 손뼈 화석** | 이종섶
19 **맨드라미 꽃눈** | 김화정
20 **그때 나는 학교에 있었다** | 박영희
21 **달함지** | 이종수
22 **수선집 근처** | 전다형
23 **족보** | 이한걸
24 **부평 4공단 여공** | 정세훈
25 **음표들의 집** | 최기순
26 **나는 지금 운전 중** | 윤석산
27 **카페, 가난한 비** | 박석준
28 **아내의 수사법** | 권혁소
29 **그리움에는 바퀴가 달려 있다** | 김광렬
30 **올랜도 간다** | 한혜영
31 **오래된 숯가마** | 홍성운
32 **엄마, 엄마들** | 성향숙
33 **기룬 어린 양들** | 맹문재
34 **반국 노래자랑** | 정춘근
35 **여우비 간다** | 정진경

36 **목련 미용실** | 이순주
37 **세상을 박음질하다** | 정연홍
38 **나는 지금 외출 중** | 문영규
39 **안녕, 딜레마** | 정운희
40 **미안하다** | 육봉수
41 **엄마의 연애** | 유희주
42 **외포리의 갈매기** | 강 민
43 **기차 아래 사랑법** | 박관서
44 **괜찮아** | 최은묵
45 **우리집에 왜 왔니?** | 박미라
46 **달팽이 뿔** | 김준태
47 **세온도를 그리다** | 정선호
48 **너덜겅 편지** | 김 완
49 **찬란한 봄날** | 김유섭
50 **웃기는 짬뽕** | 신미균
51 **일인분이 일인분에게** | 김은정
52 **진뫼로 간다** | 김도수
53 **터무니 있다** | 오승철
54 **바람의 구문론** | 이종섶
55 **나는 나의 어머니가 되어** | 고현혜
56 **천만년이 내린다** | 유승도
57 **우포늪** | 손남숙
58 **봄들에서** | 정일남
59 **사람이나 꽃이나** | 채상근
60 **서리꽃은 왜 유리창에 피는가** | 임 윤
61 **마당 깊은 꽃집** | 이주희
62 **모래 마을에서** | 김광렬
63 **나는 소금쟁이다** | 조계숙
64 **역사를 외다** | 윤기묵
65 **돌의 연가** | 김석환
66 **숲 거울** | 차옥혜
67 **마네킹도 옷을 갈아입는다** | 정대호
68 **별자리** | 박경조
69 **눈물도 때로는 희망** | 조선남
70 **슬픈 레미콘** | 조 원

71 **여기 아닌 곳** | 조항록

72 **고래는 왜 강에서 죽었을까** | 제리안

73 **한생을 톡 토독** | 공혜경

74 **고갯길의 신화** | 김종상

75 **고개 숙인 모든 것** | 박노식

76 **너를 놓치다** | 정일관

77 **눈 뜨는 달력** | 김 선

78 **거꾸로 서서 생각합니다** | 송정섭

79 **시절을 털다** | 김금희

80 **발에 차이는 돌도 경전이다** | 김윤현

81 **성규의 집** | 정진남

82 **번함 공원에서 점을 보다** | 정선호

83 **내일은 무지개** | 김광렬

84 **빗방울 화석** | 원종태

85 **동백꽃 편지** | 김종숙

86 **달의 알리바이** | 김춘남

87 **사랑할 게 딱 하나만 있어라** | 김형미

88 **건너가는 시간** | 김황흠

89 **호박꽃 엄마** | 유순예

90 **아버지의 귀** | 박원희

91 **금왕을 찾아가며** | 전병호

92 **그대도 내겐 바람이다** | 임미리

93 **불가능을 검색한다** | 이인호

94 **너를 사랑하는 힘** | 안효희

95 **늦게나마 고마웠습니다** | 이은래

96 **버릴까** | 홍성운

97 **사막의 사랑** | 강계순

98 **베트남, 내가 두고 온 나라** | 김태수

99 **다시 첫사랑을 노래하다** | 신동원

100 **즐거운 광장** | 백무산 · 맹문재 엮음

101 **피어라 모든 시냥** | 김자흔

102 **염소와 꽃잎** | 유진택

103 **소란이 환하다** | 유희주

104 **생리대 사회학** | 안준철

105 **동태** | 박상화

106 **새벽에 깨어** | 여국현

107 **씨앗의 노래** | 차옥혜

108 **한 잎** | 권정수

109 **촛불을 든 아들에게** | 김창규

110 **얼굴, 잘 모르겠네** | 이복자

111 **너도꽃나무** | 김미선

112 **공중에 갇히다** | 김덕근

113 **새점을 치는 저녁** | 주영국

114 **노을의 시** | 권서각

115 **가로수의 수학 시간** | 오새미

116 **염소가 아니어서 다행이야** | 성향숙

117 **마지막 버스에서** | 허윤설

118 **장생포에서** | 황주경

119 **흰 말채나무의 시간** | 최기순

120 **을의 소심함에 대한 옹호** | 김민휴

121 **격렬한 대화** | 강태승

122 **시인은 무엇으로 사는가** | 강세환

123 **연두는 모른다** | 조규남

124 **시간의 색깔은 자신이 지향하는 빛깔로 간다**
     | 박석준

125 **뼈의 노래** | 김기홍

126 **가끔은 길이 없어도 가야 할 때가 있다**
     | 정대호

127 **중심은 비어 있었다** | 조성웅

푸른사상 시선 122

시인은 무엇으로 사는가